Camino de Belén

Camino de Belén

Jesús María Miranda Erro

Ilustraciones de Álex Herrerías

verbo divino

CAMINO DE BELÉN
© Editorial Verbo Divino, 2024

Editorial Verbo Divino
Avenida de Pamplona, 41
31200 Estella (Navarra), España
Teléfono: +34 948 55 65 11
www.verbodivino.es | evd@verbodivino.es

1ª edición, 2024

Textos: © Jesús María Miranda Erro

Ilustraciones: © Álex Herrerías

Diseño y maquetación: Equipo diseño EVD

Impresión: Gráficas Estella, Villatuerta (Navarra)
Impreso en España – *Printed in Spain*

Depósito legal: NA 1757-2024

ISBN: 978-84-1063-070-3 (edición rústica)
ISBN: 978-84-1063-083-3 (edición cartoné)

Índice

Presentación

El Adviento es la primera etapa del año cristiano. Es el tiempo en el que nos preparamos para celebrar el nacimiento de Jesús y, a la vez, reforzamos el convencimiento de que el Señor siempre viene, nos visita, se hace cercano... y volverá al final de los tiempos para acogernos en su abrazo.

Camino de Belén cuenta historias para leer en Adviento y Navidad. También cuenta días: a modo de calendario, pueden leerse una a una desde el comienzo de diciembre hasta Nochebuena y hasta la celebración de la Epifanía (Reyes), aunque también admiten otros ritmos de lectura que nos lleven a profundizar en la vivencia de la Navidad. Son 24 breves lecturas, una por cada jornada que va pasando, centradas en el mensaje del Adviento y su sentido cristiano.

Los textos están destinados a niños y niñas, y también a sus familias. Se han escrito para *ser leídos a* quienes tienen 7-8 años (como el «cuento de buenas noches»), para *ser leídos junto a* quienes ya tienen 8-9 años, y para que *los lean* (y los recreen) niñas y niños de 10 años en adelante. Pero estas son solo unas indicaciones, nada más.

Las ilustraciones que acompañan a los textos también cuentan... en ambos sentidos: cuentan mucho para que cada narración vuele más allá de las líneas escritas; y cuentan, narran, hablan del Adviento sin utilizar palabras.

De todas formas, estas páginas no pueden ofrecer lo más importante: la posibilidad de pensar o de charlar un rato sobre lo que cada lectura y sus imágenes nos han sugerido. Eso ya le toca a quien ha abierto el libro y va *Camino de Belén*...

Un comienzo inesperado

Solo faltan veinticuatro días para celebrar la Navidad.
Pero... ¿cuándo empezó todo? ¿Y dónde?

La Navidad no empezó en Belén. Antes de que Jesús
naciera, en un pueblo muy pequeño llamado Nazaret
ocurrió algo que nadie esperaba.

Allí vivía una chica que se llamaba María. Un día,
precisamente nueve meses antes de Navidad,
un mensajero vino a decirle algo sorprendente.

Quien nos contó esto lo escribió en griego, que es un idioma. Y en griego «mensajero» se dice «ángel». Por eso alguna vez habrás oído decir que el que habló con María aquel día era un ángel.

¿Qué le dijo?

—Hola, María —le saludó—. Dios está contigo. Traigo un mensaje para ti.

María le preguntó:

—¿Un mensaje? ¿De quién?

—Pues precisamente un mensaje de Dios —le contestó el ángel—. Quiere contar contigo para una cosa muy muy importante.

María se quedó boquiabierta y un poco asustada... El mensajero le habló suavemente e intentó tranquilizarla:

—No tengas miedo. Ya te digo que Dios está contigo. No tienes que temer nada. Mira, esto es lo que te quiere pedir: ¿aceptas ser la madre de su hijo?

—¿Del hijo de quién? —preguntó María.

—Del Hijo de Dios. ¿Aceptas ser la madre del Hijo de Dios?

—¿Yo?

—Sí, tú. Dios se ha fijado en ti. Eres buena, te preocupas por la gente, no quieres el mal de nadie, tienes un corazón generoso, no eres egoísta, sabes escuchar y perdonar a las personas; también escuchas a Dios

y tienes fe. No
te enfadas por
tonterías y no eres
rencorosa, tratas bien
a todo el mundo, siempre
dices la verdad... Tú, María. Dios ha
pensado en ti para que seas la madre de su Hijo, ¿aceptas?

—Pero, ¿cómo me voy a convertir en madre?
No entiendo lo que me estás diciendo.

—Dios puede hacerlo. Recuerda que para Él
no hay nada imposible.

—¿Así que voy a tener un niño?

—Un niño que será tu hijo...
y el Hijo de Dios.

—Pero es que... —dijo
María al ángel, viendo

que el plan de Dios le iba a cambiar la vida—. Es que yo tengo novio, se llama José, y nos vamos a casar.

—Ya lo conozco —le respondió el mensajero—. Es muy bueno; también es de las personas que saben escuchar a Dios y confían en Él. No te preocupes, ya hablaré yo con José y le explicaré todo... Pero todavía no me has contestado: ¿aceptas ser la madre del Hijo de Dios?

María miró fijamente al ángel. Todo aquello era sorprendente, nadie se lo habría imaginado nunca, y mucho menos ella... ¿Dios quiere que su Hijo se haga una persona en este mundo? ¿Y ha pensado en mí para que sea la madre...? ¿A quién se le ocurre...? Pero sabía que siempre hay que fiarse de Dios, es lo mejor:

—Sí —dijo al ángel.

—¿Sí? ¿Aceptas? —le volvió a preguntar aquel mensajero.

—Sí, que se haga lo que Dios quiere. Si ese es su plan, que se cumpla en mí lo que me has dicho.

El ángel se puso muy contento. Tan contento estaba que casi se le olvida despedirse de María, porque quería marchar corriendo a decirle a Dios que ella había aceptado. Antes de irse le propuso un nombre para el niño que iba a nacer: Jesús. (Porque en el idioma que hablaban en Nazaret significa que Dios es salvador, o sea, que cuida, ayuda, protege, libra del mal a todas las personas. Y es lo que su Hijo iba a hacer.) Después le sonrió y se fue. María se quedó allí preguntándose si la visita de aquel mensajero había ocurrido de verdad... pero enseguida notó que dentro de sí ya empezaba a ocurrir la maravilla más grande de la historia. Se acarició el vientre, inclinó un poco la cabeza y dijo con una voz tan suave que parecía música:

—Hola, pequeño. Hola, Hijo de Dios.

José de Nazaret

María le dijo a José lo que había pasado:

—Ya sé que todo esto parece increíble, pero es verdad. ¡Era un mensajero de Dios!

—Pero, ¿te ha dicho que vas a tener un hijo? —preguntó José a María muy desconcertado.

—Sí. Dios quiere que su hijo nazca en este mundo... y yo voy a ser su madre —le contestó María.

—Pero, ¿por qué? No entiendo nada. ¿Cómo se le ha ocurrido a Dios semejante cosa?

—Yo tampoco lo entiendo, José, pero confío en Dios.

—¿Y ya no te vas a casar conmigo? —le dijo José a María muy triste—. ¿Qué voy a hacer ahora?

Se marchó cabizbajo, sin querer obligar a María a que le contestara, porque ya sabía que ella también estaba en un buen lío. José hacía trabajos en el pueblo, sobre todo de carpintería. Era pobre y no tenía tierras para cultivar, ni ganado. Con lo que iba ganando había empezado a construir una casa donde pensaba vivir con María (en aquel tiempo los pobres se hacían sus propias casas). Su oficio era arreglar y construir lo que la gente le pedía: mesas y sillas, marcos de ventanas y puertas... cosas así. Era muy bueno en su trabajo, pero sobre todo era muy buena persona.

Cuando llegó a su taller se puso a llorar... quería mucho a María, y creía que la iba a perder.

Entonces alguien llamó a la puerta.

—¿Quién es? —preguntó José, secándose las lágrimas.

—Hola, José —se oyó una voz desde la puerta—. ¿Puedo entrar?

—Adelante, pasa —respondió José.

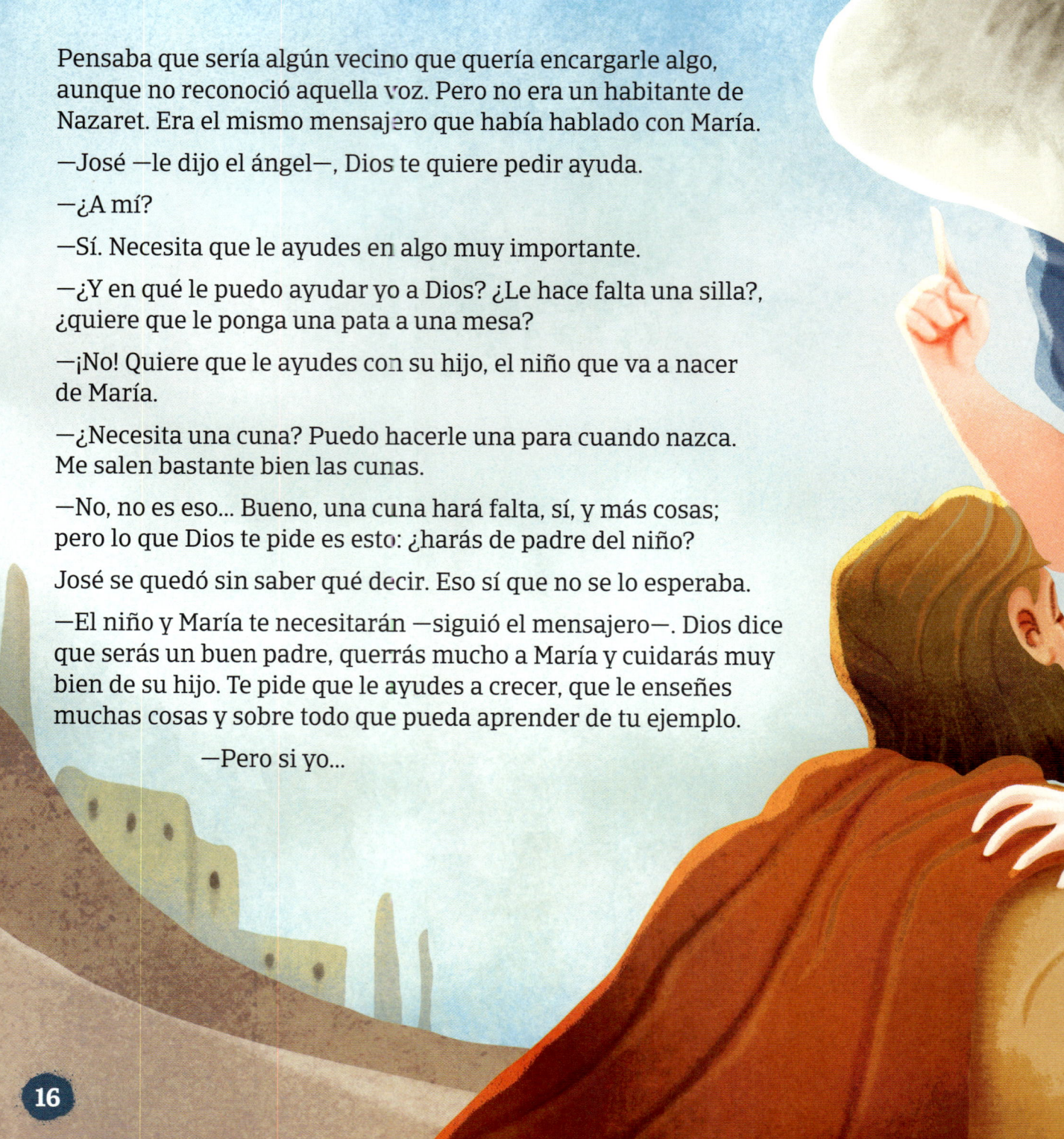

Pensaba que sería algún vecino que quería encargarle algo, aunque no reconoció aquella voz. Pero no era un habitante de Nazaret. Era el mismo mensajero que había hablado con María.

—José —le dijo el ángel—, Dios te quiere pedir ayuda.

—¿A mí?

—Sí. Necesita que le ayudes en algo muy importante.

—¿Y en qué le puedo ayudar yo a Dios? ¿Le hace falta una silla?, ¿quiere que le ponga una pata a una mesa?

—¡No! Quiere que le ayudes con su hijo, el niño que va a nacer de María.

—¿Necesita una cuna? Puedo hacerle una para cuando nazca. Me salen bastante bien las cunas.

—No, no es eso... Bueno, una cuna hará falta, sí, y más cosas; pero lo que Dios te pide es esto: ¿harás de padre del niño?

José se quedó sin saber qué decir. Eso sí que no se lo esperaba.

—El niño y María te necesitarán —siguió el mensajero—. Dios dice que serás un buen padre, querrás mucho a María y cuidarás muy bien de su hijo. Te pide que le ayudes a crecer, que le enseñes muchas cosas y sobre todo que pueda aprender de tu ejemplo.

—Pero si yo...

—Tú eres un hombre bueno. Dios te conoce, José. Anda, ve a hablar con María y dile que no la vas a dejar sola. Cásate con ella, como teníais pensado. Vais a ser muy felices con Jesús.

—¿Quién es Jesús? —preguntó José sorprendido, porque no sabía de quién le hablaba.

—¡Ah! Que no te lo había dicho, casi se me olvida: el niño que va a nacer se llamará Jesús. Todos pensarán que es tu hijo, «el hijo del carpintero»... Pero María y tú sabréis que es el Hijo de Dios. Lo veréis crecer, jugar, aprender y hacerse mayor poco a poco... y la primera vez que él diga «papá», te lo dirá a ti.

—Entonces...

José iba a decir que aceptaba, que nunca dejaría sola a María; pero al levantar la vista ya no había nadie delante. El mensajero se había ido. ¿Había sido un sueño?

José fue corriendo a casa de María. Le dio un beso y le dijo con una gran sonrisa:

—He hablado con el ángel. Vamos a cuidar muy bien a Jesús, ya verás.

Una estrella

Hay personas que saben mirar siempre más allá. Y más arriba.

Melchor era así. Cuando le pasó esto que vamos a contar ahora ya era un poco mayor, que en su caso quiere decir que era muy sabio, porque había aprovechado los años para preguntar y aprender. Mucha gente mayor es sabia.

Melchor era astrólogo. Desde la terraza de su casa observaba los planetas, las estrellas, los cometas... o sea, los astros. Sabía mucho de constelaciones y todas esas cosas. Como la palabra «astrólogo» es bastante difícil, muchos le llamaban «mago». También porque para algunos conocer el movimiento de los astros parece cosa de magia.

Melchor vivía en Persia, un país muy hermoso. Por eso habrás oído decir que era de Oriente, porque si miras en un mapa antiguo en el que salga Persia, verás que está al Oriente de Europa.

Un día, o mejor, una noche, mirando al cielo vio aparecer una estrella que no conocía.

—¡Qué raro! —se dijo—. Esa estrella parece nueva, antes no andaba por ahí.

Es que las estrellas se mueven, pero siempre están ahí. Como dijo Melchor, es muy raro que una aparezca de repente.

—Voy a contárselo a mi amigo Gaspar, a ver qué le parece.

Su amigo Gaspar era otro astrólogo que vivía no muy lejos de allí. También lo comentó con su hija:

—¿Qué opinas, Alya? —le preguntó. Alya era joven, pero también era muy sabia. Su madre le había puesto ese nombre,

que quiere decir «luz de luna», porque decía que la luz siempre es hermosa, más todavía si brilla en la oscuridad.

—Tú me has enseñado que el cielo nos habla —le contestó Alya—, igual que la tierra o el mar... Solo hay que prestar atención y escuchar. Yo creo que esa estrella nueva quiere decirnos algo.

—¿Y qué querrá decirnos? ¿Algo que ha pasado?

—O algo que pasará —dijo Alya—. Puede ser un anuncio o un mensaje, ¿no?

Melchor sabía que a lo largo de los siglos otras personas que miraban el

19

cielo habían entendido mensajes sobre cosas que iban a pasar. ¿Y si esa estrella era, como decía Alya, un anuncio? ¿Pero qué estaba anunciando? Tendría que consultar sus libros y hablar con más gente.

Y empezó a buscar. Todas las noches, mientras observaba la misteriosa estrella, se seguía preguntando: ¿qué anuncio importante nos quieres dar? Y buscaba y rebuscaba... pero no encontraba la respuesta.

De todas formas, Melchor no descuidaba su trabajo, sus obligaciones... y una curiosa afición que tenía toda la familia:

hacer regalos. En vez de comprarse cosas que no necesitaban, o de tener esto o lo otro, la familia de Melchor hacía regalos. En cuanto se enteraban de que alguien necesitaba algo y no lo podía conseguir, se lo daban. Era la familia más generosa de toda Persia, y posiblemente del mundo. Lo que más les gustaba era regalar juguetes a las niñas y los niños de la ciudad, porque sabían agradecer y disfrutar lo que recibían.

A veces les preguntaban por qué hacían eso.

—Porque dar y ayudar te hace feliz —respondían.

—Pero si dais lo que tenéis no os vais a hacer ricos —les decía la gente.

—¿Para qué queremos serlo? Una persona rica solo piensa en tener más y más, y acaba dando su corazón al dinero. Nuestra familia quiere ser feliz. ¡Ah!, y que también lo sea todo el mundo.

A mucha gente eso les parecía muy raro, pero es que la familia de Melchor era especial... especialmente buena y feliz.

Y por las noches, cuanto todos dormían, él seguía observando el movimiento de aquella estrella. «¿Por qué has aparecido ahora?», decía para sí. Como no encontraba una explicación, esperaba la visita de su amigo Gaspar, al que había llamado en cuanto vio la nueva estrella. Quizá entre los dos hallarían una respuesta.

21

Gaspar el viajero

¿Conoces a alguna persona que no puede parar quieta? Así era Gaspar. Solo se sentaba cuando por las noches observaba el cielo. Y cuando montaba en camello, claro, pero ahí no se puede decir que estuviera quieto, porque iba de un lado para otro.

Era astrólogo, como Melchor, y también su mejor amigo, aunque eran muy diferentes. Melchor nunca salía de su ciudad y Gaspar viajaba siempre que podía, y hasta cuando no podía.

Preparaba su camello favorito y visitaba ciudades y pueblos, hablaba con la gente, escuchaba historias... Era muy valiente y no le daba miedo ir a lugares lejanos y desconocidos.

—Si te quedas siempre en tu casa no vas a conocer tantas y tantas maravillas que hay en el mundo —decía a menudo a su amigo.

—Sí, maravillas... y cosas que no son maravillosas también —le solía contestar Melchor—, por ahí fuera hay muchos peligros, a saber qué me podría pasar.

Gaspar siempre lo invitaba a acompañarlo en sus viajes, pero Melchor no se atrevía, y se conformaba con regalarle mapas y libros sobre otros países... «A ti te gusta viajar y a mí hacer regalos, cada uno sus aficiones», le solía decir riéndose.

Eran muy diferentes, sí, pero a los dos les encantaba mirar el cielo y observar el movimiento de los planetas y las estrellas. Por eso Gaspar se presentó en casa de Melchor en cuanto este le mandó un mensaje diciéndole que había descubierto una estrella que no conocían.

—¡Mírala, mírala, ahí está! —dijo Melchor a Gaspar cuando ya se hizo de noche y los dos estaban contemplando el cielo.

—¡Es verdad! —respondió Gaspar—. Esa estrella es nueva... y fíjate, se está desplazando lentamente... ¿no será un cometa?

Y se tomaron no una, sino unas cuantas noches para estudiar aquello. Observaban, medían, comparaban... Sí, la estrella se movía de una manera particular.

—Va hacia el oeste. También nosotros nos tendremos que mover, porque

dentro de unos días no la vamos a poder ver bien desde aquí —dijo Gaspar a la cuarta noche.

—¿Mover? ¿Quieres decir ir hacia allí? —preguntó preocupado Melchor señalando hacia el oeste desde la terraza de su casa.

—Sí, claro. Tenemos que seguirla. Prepárate que vamos —le contestó Gaspar.

—¡Ah, no! —dijo Melchor—. No vamos a ir a ninguna parte. Nos quedamos aquí.

Y se puso a hablar sobre lo peligroso que es ponerse en camino, lo seguro que es estar cómodamente en casa sin aventurarse... Pero Gaspar no le escuchaba. Bueno, hacía como que no le escuchaba porque no pensaba discutirlo:

—Saldremos mañana por la mañana siguiendo la estrella. Iremos a donde nos lleve. Duerme bien esta noche. Hay que estar descansado para lo que nos podamos encontrar.

—Sí, eso —protestó Melchor—. ¿A quién se le ocurre? ¿Qué se nos ha perdido por allí? —y señaló otra vez en la dirección de la estrella.

—No es lo que se nos ha perdido, sino lo que vamos a encontrar. Vamos, Melchor, esta vez no te vas a quedar parado. Escucha lo que te dice el corazón: la estrella está anunciando que algo grande va a ocurrir. ¿Te lo quieres perder? ¡Tenemos que ir a su encuentro!

Melchor no dijo nada, pero sabía que su amigo tenía razón. La vida sin deseos, sin impulsos y sin metas es triste y aburrida. Mirar tantas noches al cielo le había enseñado que siempre hay que buscar, abrir los ojos y el corazón... Melchor tenía razón: no podían dejar pasar de largo aquella estrella que les llamaba. Así que, sin decir que sí —porque era bastante cabezota—, se puso a preparar las cosas para el viaje.

—¡Lo que hay que hacer por un amigo! —protestó murmurando, mientras Gaspar se reía.

25

Baltasar

Melchor y Gaspar llevaban dos días de camino siguiendo la estrella. Por la tarde llegaron a un pueblo donde toda la gente los miraba: «¿Adónde van estos dos?», «¿Quiénes serán?», se decían.

Es que llamaban mucho la atención. Aquellos camellos cargados de cosas para un viaje largo, aquellas ropas... Y entonces Melchor oyó lo que hablaban dos chicas del pueblo:

—Mira, estos también serán magos.

—Sí, como el otro.

Melchor les preguntó:

—¿Es que ha pasado por aquí un astrólogo... quiero decir, un mago?

—Sí, uno como vosotros —le contestó una de las chicas—; está descansando junto a la fuente.

Los dos amigos se miraron sorprendidos y enseguida fueron a donde la niña les había indicado. Allí estaba sentado un viajero preparando tranquilamente su cena.

—Hola —le dijeron—, somos Melchor y Gaspar.

—Y yo soy Baltasar —respondió él.

—¿Vas de viaje? —le preguntaron.

—Sí, aunque no sé muy bien adónde. Voy en aquella dirección —dijo Baltasar, señalando con su dedo al horizonte.

—No estarás siguiendo una estrella, ¿no? —le dijo directamente Melchor.

Entonces a Baltasar se le iluminó el rostro, se puso en pie de un brinco y respondió lleno de entusiasmo:

—¡Sí, la estrella! ¿También vosotros la habéis visto?

—¡Sí! —dijo Gaspar con la misma emoción—. Y la estamos siguiendo. Tampoco nosotros sabemos adónde nos lleva; pero da igual, vamos tras ella.

—¿Tú sabes qué anuncia? ¿Es algo importante que va a pasar? —le preguntó Melchor.

27

—Creo que no es algo: ¡es alguien! —respondió Baltasar con los ojos bien abiertos—. En mi país la gente más sabia dice que esta estrella anuncia la venida de alguien que va a transformar muchos corazones.

—¿Alguien que va a llegar de algún lugar y aparecerá por allí? —volvió a preguntar Melchor.

—Más bien alguien que va a nacer. Me han dicho que más allá de este desierto esperan hace tiempo que nazca una persona muy importante —le contestó Baltasar.

—¿Cómo de importante? ¿Un rey o algo así? —señaló Gaspar.

—Importante de verdad... Dicen que el niño que va a nacer será llamado «Dios con nosotros», «Dios nos salva».

Entonces los tres se quedaron callados y levantaron la vista al cielo. Aunque todavía el sol no se había ocultado del todo, la estrella ya comenzaba a brillar tímidamente; se veía como un puntito. Dentro de unas horas podrían contemplarla mejor y calcular el camino del día siguiente.

—¿No escucháis? —susurró Melchor mientras los tres continuaban mirando al cielo—. Nos está hablando.

Gaspar y Baltasar entendían bien lo que les quería decir aquel viejo astrólogo: los tres sentían en su interior una llamada a seguir adelante. El cielo les estaba hablando con su lenguaje sin palabras.

—¿Me aceptáis como compañero de viaje? —preguntó Baltasar a los dos amigos.

—Melchor, Gaspar y Baltasar... —dijo el segundo— suena raro, y dudo que alguien vaya a recordar nuestros nombres, pero me gusta.

—Bienvenido, Baltasar, nuestro nuevo compañero —añadió Melchor dándole un abrazo—. ¿Qué? ¿No estabas preparando la cena?

—Sí. ¿Tenéis hambre?

—Tenemos hambre y dátiles, almendras, leche de camella, pan con especias... de todo —dijo Gaspar—. Si está Melchor, no nos va a faltar comida: ha traído dos camellos extra cargados de alimentos.

—Hay que ser previsores —se defendió Melchor con una sonrisa—. Por cierto, hablando de ser previsor: id pensando qué regalo le vais a dar a ese niño que va a nacer.

—¿Un regalo? —le preguntaron los dos a la vez.

—¡Sí, claro! ¿Cómo nos vamos a presentar delante de un niño sin llevarle un regalo?

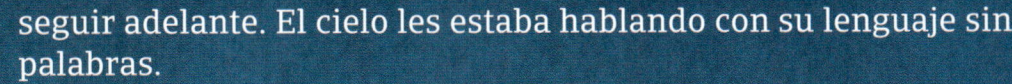

Isabel

Isabel vivía en un pueblo de la montaña. Ella y Zacarías, su marido, tenían allí su casa, que era pequeña... pero Isabel a veces la veía grande y vacía porque no tenían hijos. Toda su vida lo habían deseado y se lo habían pedido a Dios. Pero no había ocurrido.

Ahora ya eran mayores y habían perdido la esperanza de que naciera un niño en aquella familia. Isabel era feliz porque era buena con todo el mundo, lo mismo que Zacarías, y ser buena persona te ayuda a ser feliz. Pero de vez en cuando sentían que les faltaba algo... «Bueno», se decían, «Dios lo ha querido así. Y en esta casa lo que no falta es amor».

¿Pero qué pasó un día?

Zacarías volvía desde Jerusalén. Él trabajaba en el gran templo que había en la ciudad.

—Zaca —Isabel llamaba «Zaca» a Zacarías—, te voy a dar la noticia más gorda que has recibido en tu vida. Anda, siéntate y escucha. ¿Estás preparado?

Pero Zacarías no decía nada. Hacía gestos, extendía las manos y las movía, afirmaba con la cabeza... pero no hablaba.

—¿Qué te pasa, Zaca? ¿Qué haces? No bromees, que lo que te voy a decir es muy importante.

Él se ponía la mano en la boca y después movía la cabeza de un lado a otro como diciendo que no podía hablar.

—¡Zaca! —le dijo Isabel algo enfadada—. ¡Déjate de tonterías y escúchame!

Isabel no entendía qué le pasaba, si es que se había quedado afónico o tenía dolor de muelas y no podía abrir la boca, a saber. Pero la noticia que le iba a dar no podía esperar, aunque Zacarías quisiera tomarle el pelo. Él le hizo un gesto que significaba algo así como «adelante, habla».

—Zaca, ¡voy a tener un niño!, ¡vas a ser padre!

La noticia era una verdadera bomba, pero increíblemente Zacarías no se sorprendió. Abrió los brazos de par en par, en su rostro apareció una gran sonrisa y estrechó a Isabel dándole un besazo. Después corrió a por una tablilla y en ella escribió lo siguiente:

Hoy en el templo me lo ha dicho una voz. Como al principio no lo he creído me he quedado mudo... ¡para que aprenda a tener confianza! Me da igual no poder hablar, ¡vamos a tener un hijo! ¡Dios nos lo ha concedido! ¡Bendito sea Dios!

Y ahora te puedes preguntar... Pero ¿qué tiene que ver esto con el Adviento y la Navidad? Pues mucho, porque Isabel fue de las primeras en saber que iba a nacer Jesús y llenarse de esperanza por su venida. Y su hijo... bueno, ahora lo contamos:

María era prima de Isabel. Vivían lejos una de otra, e Isabel era mucho mayor, pero eran primas favoritas. Así que en cuanto María supo que su prima iba a tener un hijo fue a su casa para ayudarle. Iba a necesitarlo, porque ya hemos dicho que tenía bastantes años.

Cuando María llegó, Isabel le dijo:

—¡Aquí viene la madre del Hijo de Dios!

María quedó muy sorprendida. Solo José y ella sabían que iba a tener un hijo...

—Pero, ¿cómo lo sabes?

—El niño que llevo en mi vientre ha dado un brinco de alegría en cuanto te he visto. Noto que llevas a Dios contigo, María. Nadie me lo ha dicho, pero lo sé... ¡lo sabemos!, porque mi hijo también lo está proclamando dando saltos en mi tripa.

Y María le contó a su prima lo del mensaje del ángel en Nazaret. Las dos se abrazaron y hasta lloraron de alegría.

—Estoy segura de que el niño que llevas dentro también será muy especial —le dijo María.

—Sí. Zacarías escuchó en el templo que el Espíritu de Dios lo acompañará siempre. Convencerá a muchas personas para que sean mejores y para que reciban a Dios... así de especial será.

—¿Cómo puede ser que todo eso empiece con nosotras, que somos dos mujeres pequeñas, pobres y humildes? No somos importantes, ni ricas, ni poderosas, pero parece que Dios no tiene eso en cuenta.

—Es que es así, María. Dios prefiere a las personas sencillas y no a quienes tienen poder y dinero... él mira otras cosas. Le gusta la gente de buen corazón.

María se quedó con Isabel hasta que nació aquel niño especial. Lo llamaron Juan.

Mucho más tarde, cuando ya era mayor, lo empezaron a llamar «Juan el Bautista», porque bautizaba a las personas que se decidían a acercarse más a Dios. Juan el Bautista. ¿Te suena el nombre? Él proclamó delante de todo el mundo que Jesús es el Señor... ¡Mira!, igual que hizo su madre en aquel primer Adviento de la historia.

El árbol

Estamos en Adviento, pero desde hace bastantes días hay árboles de Navidad por todas partes. Quizá también lo has puesto en tu casa, o lo vas a poner pronto.

Casi podemos llamarlo «árbol de Adviento», porque en las calles y en las casas nos está acompañando durante estas semanas. Y no sería un mal nombre: también nos ayuda a prepararnos para la Navidad. Es mucho más que un adorno.

Fíjate cuando veas uno: el árbol apunta al cielo, es como una flecha que señala a lo alto. Imagínate a María llena de esperanza mirando de noche hacia el cielo, pensando en que ya llega el nacimiento de Jesús.

El árbol de Navidad, bueno, «el árbol de Adviento», se inventó en el norte de Europa. Allí, en los bosques, el abeto y sus primos los pinos son árboles especiales. Cuando avanza el otoño, los demás árboles se quedan dormidos hasta que llega la primavera. Se caen todas sus hojas, las ramas están peladas... se quedan dormidos. Solo el abeto y el pino siguen despiertos en medio de tanto frío.

El roble y el haya son árboles muy importantes para los animales del bosque. Les dan bellotas y hayucos para alimentarse, protegen el suelo, dan sombra y humedad en verano...

Cuentan que hubo un tiempo en el que esos árboles se reían del abeto:

—Pero eso que te sale en las ramas, ¿qué es? —le decía el roble con desprecio—. ¡Pero si no tienes hojas, son agujas que pinchan!

—¡Qué feo eres, abeto! —seguía el haya—. Mira mi tronco y mira el tuyo, tan oscuro. Y esas ramas que parece que se agachan... ¡Vaya pinta!

Le decían muchas cosas que le entristecían: que su fruto no valía para nada, que sudaba resina pegajosa, que solo servía para hacer leña... Y cuando se acercaba el invierno, después de haber dado sus frutos a muchos animales del bosque, los robles y las hayas descansaban: dejaban caer sus hojas al suelo con gran satisfacción y se dormían durante meses.

Lo que no sabían estos árboles que se creían tan guapos y tan importantes es que el abeto no descansa cuando llega el frío. En aquellos bosques cae la nieve, sopla el viento del norte, se producen heladas... y los pobres animales, sobre todo los más pequeñitos, necesitan que alguien los proteja. Algunos animales grandes hacen madrigueras y duermen todo el invierno, pero los pequeños no tienen donde cobijarse.

O sí. Porque las ramas del abeto no se han vaciado y quedan extendidas hacia abajo formando un tejado. Sus finas agujas, pegadas unas a otras, no dejan pasar la nieve. A los pies del abeto muchos animales pequeños se refugian cuando hay una gran nevada o sopla el viento helado. Y muchos pájaros descansan bien protegidos en sus ramas.

—¿Lo ves? —dijo una madre a su hija cuando andaban en el bosque buscando ramas caídas para calentar su casa—. Bajo ese abeto hay un conejito. Se habrá perdido en la nieve. Menos mal que ahí adentro está bien resguardado.

—¡Ah, sí, ya lo veo! —le respondió la niña—¿Qué le va a pasar?

—No te preocupes, su mamá vendrá a buscarlo y lo llevará a la casa que tienen bajo tierra.

—¿Y dónde están todos estos pájaros que oímos cantar?

—Están en esos pinos de allá. Sus ramas los protegen del viento frío.

La madre le enseñaba a su hija lo que todos aprendían en el pueblo: aquellos árboles especiales ayudaban a muchos animales a sobrevivir en invierno.

Y ocurrió que un día, hace muchos años, alguien del pueblo propuso una idea:

—Hagamos que el abeto sea el signo de la esperanza en el triste invierno. ¡Sí! Cuando todo esté oscuro y nos invada el frío, ver un abeto nos recordará que algo bueno va a venir, que hay esperanza.

A todo el mundo le pareció una buena idea. Y pronto, en lo más crudo del invierno, cada familia tenía un abeto que le ayudaba a pensar que pronto iban a llegar días de luz y alegría.

La costumbre se extendió por muchos sitios... y cuando la gente que vivía allí conoció la venida de Jesús, enseguida pensó que el abeto podía expresar sin palabras lo que iban a celebrar cada Navidad: la venida de la Luz que ilumina el mundo.

Ahora mira o imagínate uno de esos árboles que estos días están por todas partes. ¿No dirige tu mirada al cielo? ¿No te habla de luz y de esperanza? Te está diciendo algo del Adviento.

María

Hoy es 8 de diciembre. Un día en el que celebramos de forma muy especial a María. Ella es muy importante en Adviento, porque fue la que esperó con la mayor ilusión, esperanza y ternura el nacimiento de Jesús. Hoy vamos a tener presente a María con esta historia:

Mateo era escultor. Ya sabes, un artista que hace estatuas y cosas así. Era muy bueno en eso. Tan bueno que mucha gente le pedía sus obras. Le habían encargado trabajos muy diferentes: en una ciudad hizo la escultura de un futbolista famoso; en otra, la de un cocodrilo, para ponerla en el zoo; también había hecho estatuas de escritoras, de cantantes, de cosas de ciencia, de personajes ilustres de muchos lugares...

Un día recibió un encargo que era nuevo para él. Unas personas fueron a su taller y le dijeron:

—Venimos a pedirte que hagas una imagen de María, la madre de Jesús. La queremos para la iglesia de nuestro barrio.

—Quizá será mejor que se lo encarguéis a otro. Yo nunca he hecho imágenes para iglesias —respondió Mateo.

—Eso no importa —le contestaron—. Hemos visto algunas de tus obras y nos gustan mucho. Las que representan a una persona hasta dicen cómo era también por dentro: parece que tienen corazón y personalidad propia. Eres un artista, Mateo. Queremos una así.

—Pero no sé nada de María... ¿cómo esperáis que yo haga una imagen suya que exprese cómo era su corazón o su personalidad?

—Toma, te traemos el evangelio. María aparece en algunas páginas... A ver si te inspira.

Mateo siguió diciendo que no era el escultor adecuado para ese trabajo, pero aquellas personas le insistieron tanto... que al final les prometió que al menos lo iba a intentar.

Leyó el evangelio... pero no le venía a la cabeza cómo podía representar a María en una imagen. Consultó libros de pintura y escultura, pidió fotos de estatuas y cuadros, visitó museos e iglesias... Pero no era capaz de empezar.

Así que una mañana cerró el taller y se fue a pasear por la ciudad. Era lo que hacía cuando veía que no se le ocurría nada: daba un paseo, observaba lo que pasaba por todas partes y así, a veces, le venía la inspiración.

Muy cerca había una escuela. Era la hora de entrada y la gente iba llegando. Se detuvo a mirar. Vio a una profesora que saludaba con una sonrisa a las chicas y los chicos que llegaban y les deseaba buen día. Vio también a una mujer que acompañaba a un niño hasta la puerta; el pequeño no quería entrar y lloraba, pero la mujer le dio un abrazo lleno de ternura y le dijo algo al oído; el niño se consoló enseguida y entró muy contento.

Más adelante se fijó en lo que hacía una mujer que llevaba puesto su uniforme de trabajo. Era una encargada del aparcamiento en las calles. Estaba explicando amablemente y con mucha paciencia a un señor cómo funciona la máquina de los *tickets*. A Mateo le pareció que, además de ser muy simpática, aquella mujer se preocupaba por que el señor no tuviera problemas al dejar el coche.

A poca distancia de allá estaba el centro de salud del barrio. El escultor pudo ver cómo una chica de unos veinte años acompañaba a una persona mayor hacia adentro. Mientras la tomaba del brazo, le estaba hablando con cariño y le daba ánimo.

Siguió andando y llegó a una cafetería. En la terraza se estaba sentando un grupo de personas que había venido de las oficinas de al lado. Entendió que estaban celebrando algo. Más cuando oyó que una mujer del grupo decía:

—Estáis trabajando muy bien. Os felicito a todos, sois un gran equipo.

Enseguida uno de los que se sentaban allí le respondió que eran un buen equipo porque ella les dirigía bien.

En la esquina de la calle estaba la parroquia del barrio. Mateo vio a una mujer joven que caminaba con prisa; parecía apurada por llegar a algún sitio. Pero al ver la puerta de la iglesia se detuvo, hizo un gesto y entró. El escultor supuso que había decidido pasar un momento para rezar.

Allí mismo le tocó ver que un autobús se paraba de repente. Mateo se acercó a ver qué pasaba y se enteró de que la conductora había hecho bajar a una persona que insultaba a otro viajero por ser de otro país.

Al volver ya hacia el taller pasó de nuevo por la escuela. Era la hora del recreo, y desde la valla contempló a un montón de chicos y chicas que estaban jugando al fútbol. Coincidió que en ese momento una niña metió un golazo de cabeza.

Cuando llegó al taller abrió la puerta, miró sus herramientas de trabajo y dijo:

—Creo que ya puedo empezar a hacer la imagen de María.

La Corona de Adviento

¿Sabes qué es la Corona de Adviento? La puedes encontrar estos días en la iglesia y en más sitios. Es un círculo con cuatro velas. Lo has visto, ¿verdad?

Cada vela representa una de las cuatro semanas de este tiempo. Se van encendiendo en la misa de los domingos. Es como un calendario de luces: el primer domingo de Adviento se enciende la primera vela; el segundo, la primera y la segunda; el tercer domingo, la primera, la segunda y la tercera. Y el cuarto domingo, pues claro, ya se encienden las cuatro velas.

Así vamos viendo que el Adviento avanza y que la Navidad está cada vez más cerca.

Una vez, un grupo de chicos y chicas estuvo preparando la Corona de Adviento de su parroquia. Les quedó muy bonita: hicieron un círculo trenzando unas pequeñas ramas de abeto y colocaron en él las cuatro velas, una de cada color. La pusieron delante del altar.

Todo el mundo les felicitó por lo bien que la habían hecho. Iba a ayudar a mucha gente a entender mejor cómo transcurren las cuatro semanas de Adviento.

Aquel día, cuando estaba durmiendo, una de las niñas tuvo un sueño que a la mañana siguiente contó a sus amigos:

«He soñado que, cuando se apagaron todas las luces y salimos de la iglesia, las cuatro velas de la Corona que habíamos hecho empezaron a hablar entre ellas:

—Ya sabéis que yo soy la más importante de las cuatro —dijo la primera vela, que era de color morado—. Todo empieza conmigo, y soy la única que encienden todos los domingos. Vosotras me acompañáis, pero yo soy la principal.

La segunda vela saltó enseguida:

—¿Cómo que la principal? Tú eres la que empieza, pero yo soy la verdadera vela del Adviento: soy de color verde, que significa esperanza. Así, cuando yo estoy encendida, la gente entiende que estamos esperando el nacimiento de Jesús. ¡Yo sí que soy la más importante de las cuatro!

—Pero yo soy morada —le replicó la primera—, que es el color del Adviento...

—Sí, y el más vulgar también, todo es morado en Adviento. No eres especial como yo —le dijo la vela verde.

—¡Pero de qué estáis hablando! —les interrumpió la tercera vela—. Sabéis que yo soy la que prefiere todo el mundo. Mi color rojo es la alegría porque pronto llegará Jesús. ¡La vela más importante de esta Corona soy yo!

—¿De dónde sacas que eres la preferida? —le dijo la primera vela.

—Basta con ver las caras de la gente. ¿No os habéis fijado en que cuando me encienden a mí sonríen y se alegran?... Tu color morado es triste, es el color de estar vigilando... Y el verde es esperanza, vale, pero ahí se queda. Es mucho mejor la alegría, que soy yo.

—¡Pero si tú llegas siempre tarde! —le contestó la segunda vela—. No puedes encenderte si antes no me han encendido a mí.

—¡Ni tú te puedes encender si antes no me he iluminado yo! —dijo la vela morada—. ¿Veis?, yo soy la más importante.

—Ni hablar. ¡La más importante y la más hermosa de las cuatro soy yo! Está clarísimo —gritó la vela roja.

—¡Soy yo! —le contestó la verde.

—Y tú, ¿qué? —le dijo la primera a la última vela de la Corona—. ¿Tú no dices nada? De nosotras tres, ¿quién crees que es la más importante?

—Sí, eso, dilo tú. Soy yo, ¿verdad? —le preguntó muy orgullosa la vela roja—. Lo que está claro es que tú no cuentas: no te han dado un color tan bonito como el mío; bueno, ni como el de estas otras dos, que no son tan bonitas. Eres muy normal... y solo te encienden una vez...

Era verdad. La cuarta vela no estaba decorada ni pintada. Era eso, una vela normal. Su color era el color que tiene la cera: amarillento, parecido a la miel, nada llamativo... el color de la cera de las abejas.

—Sí —dijo la vela verde—, eres una vela normal, no eres tan bonita y tan elegante como nosotras. Dinos: ¿cuál de las tres es la más importante? ¡A que soy yo!

—Soy yo, porque soy la primera y la que hay que encender los cuatro domingos —volvió a decir la vela morada.

La cuarta vela sonrió —las velas también sonríen— y dijo con voz muy serena:

—Ninguna de nosotras es más que las demás. Todas somos importantes: si falta una, ya no somos la Corona de Adviento. Tú eres la primera y avisas de que empieza un tiempo especial... Tú le sigues con un mensaje de esperanza... Tú invitas a que todo el mundo se alegre... Y a mí me toca ser simplemente una luz encendida, pero así anuncio junto a vosotras que ya está cerca la Luz verdadera, el Hijo de Dios. Lo importante es que, al encendernos, encendamos también los corazones de la gente.

Hubo un momento de silencio. Las cuatro velas se miraron una a la otra. Y de repente, sin decir nada, se dieron un abrazo todas juntas. Entonces formaron un círculo perfecto.

Eso he soñado esta noche. Y he pensado en todos nuestros amigos».

El belén

¿Tienes un belén en casa? Estos días los belenes están por todas partes acompañando al Adviento. Todavía no es Navidad, pero verlos también nos ayuda a prepararnos para celebrarla mejor.

¿Sabes a quién se le ocurrió por primera vez la idea de poner un belén? Sucedió hace muchos años:

Francisco de Asís vivía entonces en un pueblo de Italia que se llama Greccio. Allí la gente le quería mucho. Les hablaba del amor de Dios, les consolaba, hacía favores a todo el mundo... A él se le ocurrió preparar algo para recordar cómo fue el nacimiento de Jesús. Y entonces inventó el belén.

Cuando faltaban quince días para Navidad, le dijo a su amigo Giovanni:

—Este paisaje es muy parecido a la tierra de Jesús. Muchos días, cuando estoy rezando, me parece que vivo allí.

Es que Francisco había estado unos años antes en aquella tierra. Fue como peregrino, visitando los lugares en los que vivió Jesús.

—Cuando volviste de tu viaje nos dijiste que aquello te impresionó mucho —le respondió Giovanni.

—Sí. Y sobre todo Belén. Allí entendí lo que dice el evangelio: el Hijo de Dios nació en la pobreza, en un establo... ¡Oye, Giovanni, vamos a hacer eso mismo en Greccio!

—¿Qué es lo que vamos a hacer? —le dijo su amigo sorprendido.

—Dentro de quince días es Navidad. ¡Mira esa pequeña cueva! ¡Vamos a repetir ahí lo que pasó en Belén!

—Pero, Francisco... ¿quieres que el día de Navidad nazca un niño en esa cueva?

—¡Uy, no! Me parece que no me he explicado bien. Digo que podemos celebrar la misa de Navidad preparando todo como el sitio donde María tuvo a su hijo. Convertiremos la cueva en aquel establo de Belén.

—¿Y cómo lo haremos?

—Primero, delante del altar pondremos un pesebre con paja. Ya sabes lo qué es un pesebre, ¿no?

—Sí, es como una caja de madera donde se pone la comida para los animales.

—El evangelio dice que, cuando nació el niño, su madre lo envolvió en pañales y lo puso en un pesebre... era lo que había en el establo.

—Muy bien. Yo me encargo de conseguir uno. Se lo pediré a Antonio, que tiene un corral de ovejas. El día de Navidad estará delante del altar.

—Pero eso no va a ser todo —siguió Francisco.

—¿Qué más quieres poner?... El pesebre ya nos recordará cómo nació Jesús.

—¡Traeremos animales! Giovanni, tienes que buscarlos. Sin animales no sería un establo.

—¿Animales en la misa de Navidad?

—¿Por qué no? Cuando María iba a tener al niño no los echarían fuera, ¿no?

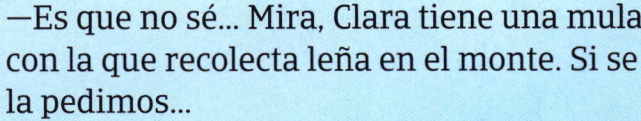

—Es que no sé... Mira, Clara tiene una mula con la que recolecta leña en el monte. Si se la pedimos...

—Una mula, ¡buena idea! Es un animal humilde y bueno.

—Y después... —continuó Giovanni— Yo tengo un buey para arar el campo, es bastante grandote. ¿Qué te parece?

—¡Sí! Trae también el buey. Nos dará calor esa noche.

Y en aquellos quince días antes del 25 de diciembre, Giovanni se esforzó por poner a punto la cueva donde iban a celebrar la misa.

Quería mucho a Francisco y sabía que estaba bastante enfermo, tanto que pensaba que quizá podría ser su última Navidad en la tierra. Por eso le ayudó todo lo que pudo con aquella genial idea.

La misa de Navidad fue la más hermosa que se recuerda en Greccio: las vecinas y los vecinos del pueblo se emocionaron al ver aquel primer «belén». Al contemplarlo sintieron de cerca el misterio del nacimiento del Hijo de Dios.

Y de aquella ocurrencia de Francisco vienen nuestros belenes. El de casa, los que están por todos lados... No te conformes con mirarlos, deja que ellos te expliquen sin palabras qué vamos a celebrar en Navidad.

49

¿Dónde encontramos a Dios?

Antes de que naciera Jesús, mucho antes, vivía un hombre que se llamaba Elías. ¿Te suena? Es bastante famoso porque en la Biblia se cuentan historias sobre él. Esta es una de ellas:

Quienes mandaban en aquella tierra se portaban muy mal con la gente. Eran unas personas malvadas y poderosas, y todo el mundo les tenía miedo. Nadie se atrevía a hacer o decir nada contra ellas. Pero Elías tuvo el valor de denunciar sus injusticias. Les dijo directamente que debían dejar de actuar así... Y también les dijo que Dios rechazaba lo que hacían, porque lo que se hace contra las personas buenas también se hace contra Dios.

No solo no le escucharon. Como les molestaba, decidieron que había que eliminar al pobre Elías. Este se escapó hacia una montaña despoblada y se escondió en una cueva.

Estaba solo. Asustado. Temía por su vida. Y sentía una gran tristeza porque se veía incapaz de cumplir lo que Dios le pedía. Elías siempre estaba pendiente de la voluntad de Dios. Sabía que Él quiere que todas las personas hagan el bien y sean felices.

En aquella cueva, perseguido y triste, rezó para que Dios viniera a ayudarle. Necesitaba su presencia. Rezó con esperanza, con confianza. ¡Mira! Eso es lo que hacemos en Adviento: le pedimos a Dios, con esperanza y con confianza, que venga a nosotros.

Elías sintió cuando rezaba que el Señor iba a llegar... y se preparó para encontrarse con Él.

Salió de aquella cueva y de repente un huracán terrorífico chocó contra la ladera del monte. Se movían hasta las rocas, algunos árboles eran arrancados por el viento... Pero Dios no estaba en el huracán.

Después comenzó a temblar la tierra. Era un terremoto. El suelo se agrietaba, todo se movía con violencia... Pero Dios no estaba en el terremoto.

A continuación se desató una terrible tormenta. Un gran rayo violento y destructor cayó con estruendo... Pero Dios no estaba en aquel rayo.

De repente vino la calma. Elías sintió en su rostro una suave brisa que parecía acariciarle. Entonces se dijo: «Aquí está el Señor». Y se preparó para orar desde lo más profundo de su ser, abriendo el corazón a Dios:

—Dame fuerza y ánimo para seguir adelante. Quiero anunciar tu palabra y enseñar tu voluntad, pero tengo miedo y me siento débil.

Rezó entre lágrimas, porque estaba triste y pasándolo mal. Pero también con confianza y esperando todo de Dios. Fue una oración verdadera, hecha con amor.

Poco después Elías sintió que el Espíritu de Dios le daba la fuerza y el valor que necesitaba. Decidió abandonar la cueva y el monte. Volvió para anunciar a todo el mundo la Palabra de Dios. Estaba alegre y ya no tenía miedo.

En estos días de Adviento, preparándonos para celebrar el nacimiento de Jesús, también pedimos poder descubrir a Dios en nuestra vida. ¿Dónde lo encontraremos? ¿En el huracán de estar todo el día en mil cosas? ¿En el terremoto de vivir con agitación haciendo lo que todo el mundo hace? ¿En el rayo cegador de las pantallas y los móviles? Encontramos a Dios en la brisa suave de cada día: el cariño de nuestra familia, los gestos de amistad, la gente que es buena con los demás... y rezar con el corazón.

Luces

—¿Cuándo vamos a ir a ver las luces? —preguntó Alicia.

Se refería a las que ya llevaban semanas encendiéndose en las calles del centro. Porque en su barrio no había alumbrado de Navidad. Estaban las farolas y los semáforos de siempre, nada más. Alicia sabía que el centro estaba lleno de figuras luminosas increíbles y juegos de luces alucinantes. Así se lo había dicho Leo, un amigo de clase que lo había visto, «son alucinantes».

—Bueno, cuando llegue Navidad y tengas vacaciones en la escuela ya iremos alguna tarde a pasear por allí —le respondió su madre.

—Pero yo quiero verlas ahora.

—Te propongo otra cosa —dijo la mamá—: en vez de eso, ¿por qué no nos fijamos en las luces de Adviento?

—¿Luces de Adviento? —preguntó Alicia con cara de incredulidad—. Si eso no existe.

—¿Cómo que no? La cosa es que hay que saber verlas...

—Pues yo no he visto ninguna.

—A veces es un poco difícil. Precisamente el alumbrado ese tan alucinante con tantos colores y juegos de luces no nos deja fijarnos en las luces de Adviento.

—¿Pero dónde están?

—Ven, Alicia, vamos a salir al balcón. Ya ha oscurecido y las podemos contemplar.

Madre e hija abrieron la puerta del balcón y se apoyaron en la barandilla. Hacía frío, y por eso se habían abrigado como si fueran a salir a la calle.

—¿Dónde están esas luces? —volvió a preguntar Alicia.

—Ahí veo una, en aquella ventana —le dijo su madre.

—¿Dónde, dónde?

—Ahí, en el cuarto piso de la casa de enfrente. Un niño y una niña están jugando con su padre... Mira cómo ríen. Y se han abrazado ya un par de veces.

—¿Pero eso es una luz?

—Y allí, en la esquina. Ya conoces a Julián, que anda todo el día en la calle. Como hace frío esas vecinas lo están acompañando al bar para que pueda cenar.

—¿Y dónde está la luz?

—¡Esa es la luz! —respondió la madre—. Mira esa otra ventana...

—¿Cuál?

—La de ahí —le dijo, señalándola con el dedo—. Ese chico está cocinando después de venir de trabajar. Yo lo conozco, hace la comida para sus padres, que son mayores y viven en otro barrio. Después se la lleva a casa y está con ellos hasta que se acuestan.

—Pero...

—Hay luces en casi todas las casas. Muchísimas. Aquí también tenemos una luz de Adviento. ¿No la ves? Mira: estamos juntas hablando... y te quiero mucho.

—¿Y eso es luz?

—Es una luz que no deslumbra. No nos ciega, ni está llena de colorines que bailan... nos ayuda a ver, que es lo que hace la luz verdadera.

—¿Y qué se ve? —preguntó Alicia.

—Que las personas tienen corazón. A mí estas luces que se ven ahora en el barrio me dicen que de la gente también podemos esperar lo mejor. Eso es el Adviento: tener esperanza.

—¿Y las luces de Navidad?

—Las luces que han puesto en el centro de la ciudad se llaman de Navidad, pero no sé... sirven para ver cosas, no personas. Me parece que las han puesto para que compremos y gastemos, no para que seamos mejores.

—Pero son muy bonitas —dijo Alicia.

—Sí, son alucinantes —le contestó su madre sonriendo—. Ahora mira hacia arriba.

Era una noche despejada, no había ni una nube. Alicia levantó la mirada y vio que en el cielo brillaban la luna y las estrellas.

—¿Ves cuántas luces? Y qué hermosas, ¿no? —siguió hablando la mamá—. Si estuviéramos en el centro el alumbrado ese tan alucinante no nos dejaría darnos cuenta de que están ahí.

—Son muy bonitas, mamá.

—Y nos hablan de Dios, nos dicen que nos quiere y nos cuida. Yo, cuando las contemplo estos días de Adviento, pienso que son las mismas luces que María veía por las noches esperando el nacimiento de Jesús.

—¿Sabes qué? —dijo Alicia.

—¿Qué?

—Ya iremos algún día a ver el alumbrado del centro, da igual. Prefiero las luces de Adviento.

Tres regalos

Parece que estos días hay más movimiento que el resto del año, ¿no? Como si todo el mundo anduviera de aquí para allá. La Navidad se acerca. Se nota en las calles, con tantas luces y tanta gente. Se nota en las casas, en los adornos... ¿Lo notas dentro de ti? ¿Te estás preparando para celebrar la Navidad?

Volvamos a recordar a aquellos tres sabios que se pusieron en camino cuando vieron una estrella. Ellos sí que supieron mirar a lo alto y a la vez seguir lo que les decía el corazón.

Melchor volvió a insistir a sus compañeros de viaje: cada uno tenía que pensar un regalo para el niño que iba a nacer. No se imaginaba presentarse sin más, sin llevarle algo. Él era así.

Hablando de eso, y siguiendo de camino, Gaspar dijo a Baltasar:

—Oye, el día que te conocimos nos contaste que el niño será llamado «Dios con nosotros», «Dios nos salva».

—Sí. Eso dejaron escrito los profetas de aquella tierra —respondió Baltasar señalando hacia donde se iba a poner el sol.

—Pues entonces, ya lo tengo —siguió hablando Gaspar—. ¡Yo le regalaré incienso!

—¿Incienso para un niño? —preguntó Melchor poniendo cara de asombro—. Una idea un poco rara, ¿no?

—Usamos el incienso cuando rezamos. Ver ascender el humo y sentir el perfume del incienso es como recordar que nuestra oración sube hacia Dios —respondió Gaspar—. ¿No os parece que es un buen regalo para un niño que va a ser Dios con nosotros?

—Pues tienes razón —opinó Baltasar—. Está bien pensado.

—Visto así... —dijo Melchor—. Entonces creo que yo le regalaré oro.

—¿Oro? ¿Y qué quieres que haga el niño con eso? —le dijo Gaspar.

—Me imagino que jugará sin importarle lo que es, como hacen los niños con cualquier cosa que les dan... Pero con ese regalo diremos algo que la gente va a entender.

—¿Y qué es? Porque yo por ahora no lo entiendo.

—Diremos que quien busca a Dios lo va a encontrar en ese niño. Mirad: el oro representa lo que mucha gente dice que es lo más valioso... Pero Dios es lo más valioso, es el verdadero oro. Y eso es el niño que va a nacer.

—Bueno, si lo explicas tiene sentido —contestó Gaspar—. Aunque a mí me ha costado entenderlo.

—Ya verás cómo muchas personas lo van a pillar sin que se lo expliquen. Hay mucha gente lista, Gaspar —dijo Melchor riendo y dándole a su amigo unas palmaditas en la cabeza.

Y era el turno de Baltasar:

—Cuando empecé este viaje no se me ocurrió preparar un regalo... Aunque Melchor tiene razón: algo le tenemos que llevar. Por eso creo que puedo ofrecerle una cosa que metí en las alforjas de mi camello al salir de casa.

—¿Qué es? —intervino Gaspar—. ¿Llevas algún juguete o algo así?

—¿Cascabeles?, ¿campanillas? ¿Algo que pueda parecer un sonajero? —preguntó Melchor.

—No. Es mirra. Siempre llevo un poco conmigo.

—¿Mirra? ¿Qué es eso? —dijeron los otros dos a la vez.

—Es una resina que usamos en nuestro país. La obtenemos de un pequeño árbol lleno de espinas que crece en mi tierra. Pinchamos un poco la corteza y recolectamos gota a gota el líquido que sale. Cuando se seca, ya tenemos la mirra. Miradla.

Baltasar se la mostró abriendo un pequeño cofre que había sacado de la alforja. Eran unos trocitos pardos y rojizos con un aroma que no conocían.

—¿Y qué se hace con esto? —quiso saber Gaspar.

—Lo usamos para muchas cosas. Sirve para preparar medicinas, cremas y bálsamos que ayudan a calmar las heridas y el dolor...

—¡Eso le vendrá bien cuando se caiga jugando!

—Sí, pero también se usa para algo más... —siguió Baltasar.

—¿Para qué? —preguntó Melchor.

—Cuando una persona muere, su familia y sus amigos se encargan de envolver con amor su cuerpo untándolo con mirra. Es un acto de misericordia y ternura. Significa el cariño más profundo. He pensado que lo puedo presentar ante el niño.

—¿Qué quieres decir?

—Es Dios con nosotros. Va a compartir nuestra vida. Por eso también conocerá el dolor y el sufrimiento. Y enseñará a este mundo el camino del amor y la misericordia. La mirra significa eso.

—Eres una persona sabia y buena, Baltasar —dijo Gaspar.

Melchor asintió con la cabeza y tomó la palabra:

—Bueno. Ya va a anochecer. Por hoy ya hemos avanzado bastante. Pararemos aquí y antes de dormir podremos ver una noche más la estrella que nos guía... Oro, incienso y mirra. Estos serán nuestros regalos.

61

Paciencia

La abuela de Nico vivía en el pueblo. Él iba a su casa algunos fines de semana. Se lo pasaba muy bien allí: tenía amigos, jugaba por todas partes... Y lo que más le gustaba: le ayudaba en la huerta.

En la escuela también tenían huerta, vale, pero no era lo mismo. Era pequeña y la profe solo les llevaba para decirles: «esto es una lechuga», «aquello son cebollas»... ¡Pues vaya cosa! La de la abuela era una huerta de verdad. Y a Nico le encantaba pasar la tarde con ella regando, plantando, sembrando, removiendo la tierra, quitando hierbas, abonando o recolectando lo que iba saliendo.

—Ven, hoy vamos a sembrar ajos —le dijo la abuela—, es lo que toca en este tiempo.

—¡Bien! —exclamó Nico. No es que le gustaran los ajos, que pican bastante; pero cada vez que la abuela le decía que había que hacer algo en la huerta se ponía muy contento.

—Mira, aquí llevo los dientes que vamos a sembrar.

—¿Dientes? —preguntó el nieto.

—Se llaman así, dientes. Cada uno es una porción del ajo, que es un bulbo. Como los gajos de una naranja.

—¡Jo, abuela, qué palabras más raras sabes!

La abuela sonrió y le mostró los dientes de ajo que había seleccionado. El día anterior había preparado ya la zona de la huerta donde los iba a sembrar, pero esperó a que llegara Nico para hacerlo, porque sabía

que le haría
ilusión. Bueno, y a
ella, porque le gustaba mucho
pasar el tiempo con su nieto, como a
todas las abuelas.

Con todo listo, le dijo a Nico cómo se hacía:

—Mételos en la tierra con la punta hacia arriba. Tienes que sembrarlos en fila, dejando entre uno y otro un poco de distancia.

—¿Así?—. Nico enseñó a su abuela cómo enterraba el primero.

—Sí, muy bien —le respondió ella—. Ahora tápalo con tierra y siembra el siguiente. A medio palmo de distancia.

Y poco a poco el niño iba introduciendo los ajos en fila. Cuando llevaba unos diez volvió hacia atrás y escarbó donde había enterrado el primero. Lo sacó y se puso a mirarlo atentamente. La abuela, sorprendida, le dijo:

—Pero, Nico, ¿qué estás haciendo? ¿Por qué lo has sacado?

—Estoy mirando si ya empieza a salir la planta.

—¡Pero si lo acabamos de sembrar!

—Sí, por eso...

—Escucha. ¿Te acuerdas de lo que hablamos el domingo pasado sobre el Adviento?

La semana anterior Nico también había visitado a la abuela. Claro que había estado hablando con ella, y había jugado con los amigos del pueblo, y muchas más cosas. Pero no sabía a qué se refería ahora.

—¿Sobre el Adviento?—. Nico se preguntaba qué tenía que ver el Adviento con la huerta.

—Sí. Te dije que es un tiempo para reforzar la esperanza y la confianza en Dios... pero también para recordar que tenemos que tener paciencia.

—Ah, sí, ya me acuerdo: esperanza y confianza en Dios.

—... ¡y paciencia! —repitió la abuela.

El niño seguía sin entender muy bien qué le quería explicar ahora.

—Mira —siguió ella tomando en su mano uno de los dientes de ajo—, cuando sembramos una semilla tenemos la esperanza de que dará una buena planta. Si no, no la sembraríamos. También confiamos en que la naturaleza cumpla con su parte: la tierra ayudará a que la planta crezca.

—Sí —dijo Nico—, eso ya lo hemos visto en clase.

—Pues queda una cosa más: tener paciencia. La semilla necesita tiempo para desarrollarse bien, sin prisas, poco a poco. Si no, se estropearía. Y la naturaleza hace su trabajo a su ritmo. No al ritmo que nos gustaría, de hoy para mañana... Pasan las estaciones, viene la lluvia, el sol, el frío, el calor... y eso no ocurre en un momento. Así es como la tierra ayuda a la semilla a crecer.

—¿Y cuándo saldrán los ajos que hemos plantado hoy?

—Estamos en diciembre... así que las nuevas plantas se podrán recolectar en agosto. Lo haremos cuando vengas de vacaciones al pueblo.

—¿Tanto tiempo?

—El necesario. Aprende que todo se hace paso a paso. Con esperanza y confianza, sí, pero también con paciencia.

—Entonces, ¿hay que quedarse parado? ¿Ya no haremos nada más para que salgan las plantas? —preguntó Nico un poco frustrado.

—¡Qué va! —le contestó la abuela—. Hay que tener paciencia, pero paciencia activa: unos días regaremos, otros abonaremos un poco,

también quitaremos las malas hierbas cuando salgan... No nos vamos a quedar quietos.

—Como en Adviento...

—Eso es, como en Adviento: esperamos la venida de Dios, confiamos en que siempre nos acompaña... y mientras tanto, con paciencia, vamos haciendo cosas buenas: ayudamos, nos queremos, rezamos, rechazamos el mal...

—Ya lo pillo.

—¿Ya lo pillas? Pues anda, mete ese ajo en tierra otra vez y sigue sembrando. Que hoy tenemos mucho que hacer.

Gaudete!

Piensa un momento en la corona de Adviento. Ya sabes que tiene cuatro velas, una para cada domingo que va pasando. Cuando llega el tercero y encendemos la suya, decimos: ¡Uy!, ¡qué poco falta para Navidad! Bueno, no es exactamente así. Lo decimos de otro modo. Como la Navidad está muy cerca, al tercer domingo de Adviento se le da un nombre especial: «Gaudete!». Es una palabra que significa «¡Alegraos!».

Alegría porque muy pronto vamos a celebrar que Jesús nació. Y alegría por saber que Dios siempre está a nuestro lado. Quienes seguimos a Jesús no tenemos que ser personas tristes... A veces nos ocurren cosas malas o dolorosas que nos entristecen. A veces nos preocupamos mucho, o tenemos miedo. Pero también entonces Dios nos da consuelo y esperanza. El Adviento nos dice eso: Dios nos quiere tanto que siempre está con nosotros. ¡Alegrémonos!

Una mala noticia dejó sin palabras a los chicos y las chicas de una clase: Javi no podía venir ya a la escuela porque estaba enfermo. No era fiebre, ni catarro, ni le habían escayolado el pie... tenía una enfermedad muy grave. Ahora estaba en el hospital. Le daban medicinas especiales y pronto iba a tener una operación bastante complicada, a ver si así podía ponerse un poco mejor.

Cuando les dijeron eso, todo el grupo se puso muy triste.

Y hasta las mesas, las paredes, la pantalla, las mochilas e incluso el patio de la escuela parecían haberse llenado de pena. La mayoría lloró al oír la noticia, porque querían mucho a Javi.

—¿Y qué le va a pasar? —preguntó Laila en medio de un gran silencio.

—No lo sé. En el hospital están intentando curarlo, pero no saben cómo va a resultar —le contestó Marta.

Marta era la tutora. Ella también lloró cuando le dijeron que su alumno estaba muy mal. Sintió mucha pena. Pero, como era maestra, y muy lista, sabía que cuando ocurre algo así no debemos perder la alegría para siempre. A veces nos toca estar tristes, pero eso no quiere decir que seamos tristes.

Marta también estaba preocupada por ver así a la clase. Y se le ocurrió una cosa:

Habló con los padres de Javi y pidió permiso al hospital para hacer una videollamada con él desde la escuela. Al principio no lo permitieron. Que si tenía que descansar, que si estaba muy débil, que le iba a perjudicar... Los padres de Javi les dijeron que ahí sabían mucho de medicina, pero no conocían a su hijo. Un ratito hablando con su clase le iba a venir bien. Y al final, aunque no estaba del todo de acuerdo, la médica principal dio el permiso.

En el momento de la videollamada la clase entera estaba pendiente de lo que iba a aparecer en la pantalla del proyector.

Más que nunca. Marta bromeó diciendo que ya le gustaría que pusieran tanta atención cuando les explicaba algo. Después de unos intentos, ¡chas!, Javi apareció en la imagen. Estaba en la cama del hospital, con un pijama de astronautas y un gorro con rayas anaranjadas y blancas en la cabeza. Sonrió y saludó:

—Hola.

Su voz sonaba un poco diferente, pero daba igual. Todos respondieron emocionados moviendo las manos y diciendo a la vez:

—¡Hola, Javi!

Y Mihaela sorprendió a Marta dirigiéndose a su amigo:

—Estás muy guapo con ese gorro.

Surgió un murmullo en la clase... un murmullo y sonrisas, porque algunos decían que Javi y Mihaela eran novios o así. Ella se puso colorada.

—Tú también estás muy guapa —le contestó Javi... y toda la clase comenzó a aplaudir y a vocear mirando a Mihaela. Marta pidió silencio, aunque a ella también se le había escapado una risita.

—Callad, por favor... vamos a escuchar a Javi, que nos quiere decir algo.

—Sí —habló él incorporándose un poco en la cama—. Me han dicho que ahora estáis tristes, que casi nunca reís, que no jugáis en el recreo. ¡Eso no puede ser!

—Pero es que tú estás muy enfermo en el hospital, y nos da mucha pena —le contestó Alex.

—¿Pena? Aquí no pierdo el tiempo estando triste todo el día.

—¿Y qué haces?

—Tengo amigos. Y también tengo clases, ¿qué os creíais? En el hospital hay profes. Nos ponen deberes y todo.

—¡Pues vaya timo! —se le escapó a Rober. Y todos rieron, porque a Rober no le gustaba nada ir a la escuela y había dicho una vez que si estás en el hospital al menos te libras de ir a clase.

—No estéis tristes, por favor —siguió Javi—. Aquí me han explicado que si lloras todo el tiempo no ves las cosas buenas que te pasan. Y nos pasan muchas cosas buenas.

Todos estaban admirados de cómo les estaba hablando. Le escuchaban con atención.

—Yo ya no sé si os veré más, pero...

Cuando Javi dijo eso sintieron que todo se detenía de repente.

—... pero voy a vivir alegre, porque mucha gente me quiere y me cuida. Y también voy a intentar que todo el mundo a mi alrededor esté bien y que no haya tristeza.

Y siguió hablando de lo importante que es vivir con alegría... También hizo un montón de bromas repasando los motes de los profes, recordando anécdotas, reconociendo que era bastante malo jugando al fútbol... Aunque sonreían y a veces hasta reían, todo el mundo sentía un nudo en la garganta. La tutora también, y se fue disimuladamente al fondo del aula por si se le escapaba alguna lágrima.

Cuando acabó la videollamada volvió el silencio a la clase, y esa mañana apenas hicieron nada más. Pero al día siguiente, cuando volvieron a la escuela, las cosas habían cambiado: todo el mundo sonreía y estaba alegre, se trataban con simpatía, no había insultos, ni burlas, ni malas caras... Habían entendido lo que les había dicho Javi en su despedida.

69

La carta

Una familia tomó una decisión muy importante. La madre se lo dijo así a sus hijos:

—Pronto va a llegar una niña a nuestra casa. ¡La familia va a crecer!

—¿Vas a tener una niña, mamá? —preguntó sorprendido Carlos, el más pequeño—. ¿Voy a tener una hermanita?

—¡No! Bueno, sí... No va a nacer ahora, no voy a tener una niña, Carlos. Tiene siete años, es mayor que tú —le dijo sonriendo la mamá—. Pero sí, va a ser vuestra hermana...

—¿Vas a adoptar una chica? —dijo Luis, el mayor.

—Vamos a acogerla. Vosotros también. Lo vamos a hacer toda la familia... Esta va a ser ahora su casa.

—Pero, ¿por qué? —quiso saber Luis.

—¿Por qué? Porque ella lo necesita, porque podemos hacerlo, porque en esta familia sabemos acoger y ayudar... y porque cuanto más amor damos, más amor tenemos. Y ya sabes que el amor es lo más importante.

Unas semanas más tarde la niña llegó. Entró por la puerta de aquella casa el día 20 de enero y sintió hasta el fondo de su corazón el abrazo de sus dos nuevos hermanos. Todo era extraño para ella, pero también bueno. Carlos, que tenía cinco años, quería siempre jugar con su hermana, estaba conten-

tísimo. Luis descubrió que cada día la quería más. Él tenía diez años y supo enseguida que debía ayudarle en muchas cosas. Lo hacía encantado.

A Liset, que así se llamaba, le costó acostumbrarse a la escuela. Nunca había ido a uno, y al principio le pareció muy difícil, con tanta gente y tantas cosas que había que aprender. Pero pronto empezó a gustarle: tenía una profesora que era muy buena. Además, todos los días iba con su hermano Luis, y eso le hacía sentirse bien.

Los meses fueron pasando. Vino la primavera, después el verano, este se acabó, empezó un nuevo curso... y más tarde llegó diciembre. Liset vio que la casa cambiaba y entendió que eran días especiales.

71

—Ahora estamos en Adviento —le explicó la mamá—; sí, son días especiales porque nos preparamos para algo muy importante.

—¿Qué va a pasar? —preguntó Liset.

—Vamos a celebrar el nacimiento de Jesús. Lo hacemos todos los años. Será el día 25, se llama Navidad.

Liset ya sabía quién es Jesús, se lo había explicado muchas veces su nueva mamá y cada día le rezaba acompañada de sus hermanos. Pero tenía otra pregunta:

—Me ha dicho Luis que hay que escribir una lista para pedir cosas... Pero yo no sé.

—Ah, la carta de... Luis te habrá hablado de que se escribe una carta...

—Sí —le interrumpió Liset—, pero yo no sé escribir.

—Bueno —le dijo la mamá tranquilizándola—, si tú me dices qué quieres pedir yo la escribiré. Eso también vale.

—Bien. ¿Empiezo?

—¿Pero quieres hacer la carta ya? Es que todavía no te he explicado... Bueno, podemos empezar a apuntar y otro día la escribimos mejor. Espera que voy a por un papel.

La madre estaba acostumbrada a las prisas de Liset. Era muy decidida, y todo lo quería hacer enseguida. Desde luego, había entendido a medias lo que Luis le había dicho de la carta... pero pensó que tampoco era mala idea empezar a hacerla ya. El Adviento es tiempo de esperanza y de pensar en lo que deseamos.

—Venga, dime qué cosas piensas pedir, que apunto —dijo a la niña.

—Quiero que mi papá y mi mamá de antes estén en el cielo.

La madre se quedó sin palabras. La miró con cariño procurando que no notara que se había estremecido. Lo escribió en aquel papel y le preguntó qué más quería pedir.

—Quiero que los niños tengan una mamá buena como tú y unos hermanos como Luis y Carlos.

El bolígrafo le tembló en la mano. Acarició el rostro de la pequeña y tosió un poco para poder hablar sin que le temblara la voz:

—Cariño, en la carta también puedes pedir cosas. Un juguete, por ejemplo. O pinturas...

—Pero esto es mejor. También quiero que la gente ría siempre y que nadie llore.

La madre tuvo que hacer un gran esfuerzo para disimular que estaba emocionada. Ella sí que iba a llorar de un momento a otro...

—Bien, ya lo he apuntado —acertó a decir—, dentro de unos días escribiremos la carta.

—Mamá —dijo Liset.

—¿Qué, cariño?

—¿Jesús te ha pedido que me cuides?

—... Me ha pedido que te quiera mucho. Jesús nació porque Dios nos quiere.

El bosque

En aquel pueblo todos los niños y las niñas de entre 9 y 12 años formaban un grupo de amigos, como ocurre en muchos lugares pequeños. Se juntaban los sábados. Unos vivían en el pueblo y otros venían los fines de semana con sus familias.

La gente se alegraba cuando los veía ir de un sitio para otro o jugando en la plaza. Parecía que llenaban todo con sus risas.

Una mañana, Rosa, la alcaldesa, al encontrarse con el grupo en la plaza, les dio una noticia que no esperaban:

—Samu se va.

Samu era Samuel, el que cuidaba el monte del pueblo. Había venido dos años antes. Al principio no conocía a nadie, pero pronto se hizo amigo de todo el mundo, y muy especialmente de los niños, que siempre buscaban un rato para estar con él. ¡Y ahora resulta que se iba a marchar!

—Pero, ¿por qué se va? —preguntó Lidia.

—Es difícil de explicar... No le dejan estar aquí... Es una palabra muy fea: lo expulsan. Mañana mismo se lo llevarán —contestó Rosa.

—¿Eso se puede hacer? —dijo Mateo—. Es nuestro amigo. ¡Que no se vaya!

—Lo hemos intentado todo, pero no se lo van a permitir: cuando llegó no tenía permisos, ni documentos, nada de nada... Alguien lo ha denunciado. Y hay una ley que dice que las personas que vienen así no pueden estar en el país.

—Pues esa ley está muy mal. ¡Cámbiala, Rosa! ¡Tú eres la alcaldesa! —saltó Adrián, el más pequeño.

Rosa les decía la verdad. No había nada que hacer. Se marchó de la plaza muy triste. Sabía que los niños querían a Samu. Les había enseñado muchas cosas sobre el monte, los árboles, los animales, las estaciones... A menudo lo buscaban para pasar un rato charlando.

—¡Vamos a hablar con él! —dijo Fran a los demás—. Le pediremos que se quede.

A toda la cuadrilla le pareció la mejor idea, y fueron hacia el monte. Allí encontrarían a Samu. A esa hora siempre andaba haciendo algo en el bosque.

—¡Samu!, ¡Samu! —iban gritando mientras subían por el camino. Un poco más arriba oyeron responder a su amigo y fueron hacia él.

—¡Hola! —les dijo Samu—. Qué pronto venís hoy. Me pilláis en plena faena, estoy plantan...

—¿Es verdad que mañana te tienes que marchar? —le preguntó directamente Silvia sin dejarle terminar.

—Sí —respondió Samu con toda sinceridad mirando al grupo de amigos—. Me expulsan.

—¡Pero no queremos que te vayas! ¡Quédate! —le pidió Amina.

—No puedo. No me dejan —dijo a punto de empezar a llorar—. Pero, no os preocupéis, seguiremos siendo amigos aunque ya no esté aquí.

No sabían qué decir. ¡Qué injusticia! Samu les había contado que había salido de su país para buscar trabajo y ayudar a su familia. Y ahora lo echaban... Aitana, que era la mayor y muy lista, entendió que en ese momento era mejor hablar de otra cosa:

—¿Qué estabas haciendo ahora, Samu? ¿Qué son esas cosas que llevas en la carretilla?

—Se llaman plantones, los traje ayer del vivero. Son árboles que hoy meteré en tierra.

—¿Árboles? Pero si son unas plantas pequeñas —dijo Lucas.

—¡Claro! Ahora los planto, y necesitarán tiempo para crecer y hacerse verdaderos árboles. Lo tengo que hacer con mucho cuidado, y después pondré unas protecciones para que los animales no los estropeen.

—¿Y cuándo se harán árboles grandes?

—Estos tardarán unos treinta años.

Todos miraron a la planta que Samu tenía en la mano, intentando imaginarse qué son treinta años. Eso es muchísimo muchísimo tiempo.

—Pero si te van a expulsar mañana... ¿por qué los plantas? Tú no los vas a ver crecer.

Se quedaron en silencio... era una pregunta que algunos otros ya se estaban haciendo. Samu se sentó en el suelo, les pidió a los niños que hicieran lo mismo y comenzó a hablarles:

—Todos los árboles de este bosque crecieron antes de que yo viniera... y antes de que nacierais. Mucho antes. Algunos brotaron de semillas caídas de árboles más viejos, y otros fueron plantados por personas que ya no están

aquí. Quienes los pusieron y los hicieron crecer ya sabían que no los iban a ver. Eso no les importó. Lo hicieron porque es bueno que junto al pueblo haya un bosque.

—Si en el monte hay árboles, hay humedad en el aire y en la tierra —intervino entonces Aitana—. Y por eso tenemos un manantial. Además los árboles sujetan el suelo, y protegen y alimentan a los animales... muchas cosas.

—Sí —continuó Samu—. Es bueno que haya un bosque cerca del pueblo. Por eso vuestros abuelos, u otras personas que ni siquiera sabemos quiénes eran, lo cuidaron y lo hicieron crecer.

—¿Y estás plantando árboles que a ti no te van a servir? —preguntó Isa.

—Crecerán y servirán a otras personas. Da igual que no sepa quiénes son... y que ya no me dejen vivir aquí. Es mejor hacer siempre cosas buenas, aunque no sean para ti. Si podéis, hacedlo también vosotros.

Todos entendieron que Samu no se refería solo al bosque. Y que no les estaba pidiendo que plantaran árboles. Hablaba de la gente que hace el bien, la que siembra y planta buenas obras con la esperanza de que den fruto. De eso va también el Adviento: buscar el bien con esperanza.

77

De Nazaret a Belén

Estamos en los últimos siete días del Adviento.

La semana final del primer Adviento de la historia se hizo caminando. Y no poco: de Nazaret a Belén hay 120 kilómetros.

Eso es lo que anduvo María con el niño en su vientre a punto de nacer... con el niño en su vientre y con José a su lado.

María y José no querían hacer ese viaje. ¿A quién se le ocurriría? Era duro y difícil: había que atravesar un desierto lleno de piedras, subir y bajar colinas, cruzar valles, pasar por pueblos en los que no conocían a nadie... ¿Por qué tenían que ir a Belén si en Nazaret estaban tan a gusto?

Seguro que has oído hablar de los romanos. Bueno, ahora también hay romanos y romanas: comen espagueti, hablan moviendo mucho las manos... pero los de antes, los del tiempo en que nació Jesús, se dedicaban sobre todo a tener un imperio.

Para controlarlo hacían una lista de todas las personas que había. Dibujaban los países en el mapa de su imperio y después apuntaban en la lista a la gente que vivía allí. Así eran los romanos.

Aquellos días, justo cuando María iba a tener su hijo, se pusieron a preparar una lista de esas. Para hacerlo más fácil (más fácil para ellos, no para la gente), o para fastidiar, mandaron que cada familia fuera a apuntarse en el pueblo de sus antepasados. Resulta que el bisabuelo de José no era de Nazaret: había venido de un pueblo que se llama Belén... Al pobre no le quedó más remedio que ponerse en camino con María hacia allí, ¡y enseguida!

A los romanos no se les podía llevar la contraria; además de un imperio, tenían bastante mal genio.

—Estoy muy cansada y pronto se hará de noche —dijo María a José al atardecer del primer día. Habían llegado a un pequeño pueblo.

—Vamos a pedir ayuda, alguien nos dejará un sitio para dormir.

Y enseguida consiguieron un lugar. Y les dieron comida para el día siguiente, porque la gente de aquella aldea vio que eran muy pobres y no tenían casi nada.

Así iban de lugar en lugar. Y algunas personas les ayudaban. Seguramente tú también haces eso: si necesitas ayuda, la pides (la pides por favor); y si alguien te pide ayuda a ti, pues le ayudas. Cuando amaneció el segundo día una familia les dejó un burro para que María pudiera ir montada encima, porque le costaba mucho caminar:

—¡Pobrecita! —le dijeron—. ¿Cómo vas a ir andando si ya estás a punto de dar a luz? —y le dejaron su burro para seguir hacia Belén. Era lo que tenían.

—¡Qué buenos sois! ¡Gracias! Cuando mi hijo sea mayor le contaré esto que habéis hecho por mí —pudo decir María emocionada.

—Nos basta con que Dios lo sepa. Y lo sabe. Siempre está al lado de los pobres —le contestaron.

«Sí», pensó María para sí, «y su Hijo llega ya». José sonrió porque intuía lo que ella estaba pensando. Se ofreció a arreglarles cualquier cosa, ya que no tenía dinero para pagar.

—No hace falta. Seguid adelante —les dijeron—, tenéis que llegar a Belén cuanto antes y buscar allí una casa... Este niño va a nacer pronto.

Así, de camino, iban pasando los siete días antes del nacimiento de Jesús. Con cansancio, peligros, dificultades, penas, inquietud... y con mucha esperanza: María sentía cada vez más cerca la llegada del Hijo de Dios.

Aquel imperio ya no existe, pero, como María y José, hoy también muchas personas han tenido

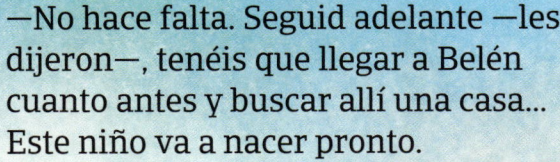

que salir de su casa, no tienen nada y necesitan ayuda. Por el desierto, atravesando el mar, recorriendo muchos kilómetros, o por nuestras calles, hay hombres y mujeres que van de camino y buscando. O ya han perdido la esperanza y ya ni siquiera buscan. Sufren por el cansancio, los peligros, las dificultades, las penas. Y sufren porque nadie les hace caso o les desprecian.

Jesús, cuando ya era mayor, dijo esto:

—Os aseguro que todo lo que hicisteis por uno de estos hermanos míos más humildes, por mí mismo lo hicisteis.

De posada en posada

María y José su esposo
avanzan por el camino,
Belén es el destino
de este viaje tan penoso.

Un burrito generoso
lleva a María sentada.
Viendo que está muy cansada
José toma su mano
y en el pueblo más cercano
buscará una posada.

—Ya es de noche, María.

Pidamos algún lugar
para poder descansar
hasta que se haga de día.

Que la luna te sonría
y que este cielo sereno
cuide en un dulce sueño
lo que guardas con amor.

Será nuestro Salvador
el niño que está en tu seno.

—Tú serás un buen
papá —dice María a José—
un hombre bueno de fe
que a este niño cuidará.

Siento que me dice ya
que muy pronto va a nacer,
qué ganas tengo de ver
su sonrisa pequeñita
y esa cara tan bonita
que rostro de Dios va a ser.

Hacer el bien

Al salir de la escuela, Lucía fue a casa de sus abuelos. Le esperaban para poner el belén, ¡que ya era 20 de diciembre! En realidad siempre lo hacían cuando faltaban cinco días para Navidad. Su abuelo decía que tampoco hay que ponerlo un mes o tres semanas antes, como hace mucha gente. Bueno, cosas del abuelo.

Cuando entró por la puerta notaron que no estaba tan alegre como de costumbre. ¿Le habría pasado algo en la escuela?

—¿Qué te pasa, Lucía? ¿Estás enfadada? —le preguntó la abuela.

—No... No sé. Creo que estoy un poco triste —respondió ella.

—¿Por qué?

—Es que... estos días decimos lo del Adviento y lo de la Navidad... Pero, ¿por qué ocurren cosas malas en el mundo?

BELÉN

—¿Te ha pasado algo, Lucía? —dijo el abuelo preocupado.

—No... a mí no, pero...

—¿Qué es, entonces?

—Es que siempre pasan cosas tristes y malas: ¿sabéis que en muchos sitios están en guerra?, también hay gente que no tiene ni para comer, y algunas personas no tienen casa y viven en la calle. Y en mi escuela pasan cosas que no sabéis: a algunos les insultan y les hacen *bullying*...

—Es cierto que ocurre todo eso. Y que muchas personas sufren —le contestó la abuela acariciándole la cara—. Pero no te tienes que desanimar. Debemos intentar que también haya muchas cosas buenas y que la gente a nuestro alrededor sea feliz.

—¿Pero qué podemos hacer?

—Te voy a contar una historia —le dijo el abuelo—. No es un cuento, ¿eh? Es una historia real.

Lucía prestó mucha atención a sus palabras.

—Pasó hace muchos años —empezó el abuelo—. Henry Dunant, que así se llamaba, estaba de viaje por Italia haciendo no sé qué negocios. Llegó cerca de un pueblo que se llama Solferino... y allí se enteró de algo terrible: había habido una guerra, y habían muerto miles de soldados. Y algo igual de terrible, o más: en el campo de batalla quedaban muchísimos heridos a los que nadie ayudaba. Se oían tremendos gritos de dolor, no se podían mover, estaban abandonados, algunos morían por sus heridas... Imagínate.

—¡Horrible! —dijo la abuela—. Pobres soldados. Qué estúpida y mala es la guerra.

—Entonces de los pueblos cercanos empezaron a venir algunas personas, sobre todo mujeres. Enseguida se pusieron a atenderles.

Limpiaban y vendaban sus heridas, los consolaban, hacían lo posible por curarlos o, al menos, por aliviar su dolor… Era gente humilde que no iba a ganar dinero ni nada haciendo eso. ¡Ah! Y los heridos eran de los dos bandos, pero a aquellas personas eso no les importó: ayudaban a todos.

—Eran buenas —dijo Lucía.

—Sí —le contestó el abuelo—, eran buenas en medio de una guerra mala, provocada por gente que estaba haciendo el mal. Estas personas no se asustaron, ni dejaron que la bondad se escondiera… actuaron de corazón.

—¿Y qué hizo ese Henry Dunant?

—Bueno, no sé. Él vio cómo llevaban a los heridos a las casas para curarlos. Quedó asombrado por la acción valiente de aquellas mujeres. Y también se quedó con esto: si preguntaba por qué lo hacían, le respondían: «Son nuestros hermanos». Pero es que muchos de aquellos soldados eran del ejército enemigo, del que había invadido su tierra. Y los del otro ejército también eran en su mayoría de otros lugares. Pero la respuesta era siempre la misma: «Todos hermanos».

—Y eso fue el principio de algo bueno —dijo la abuela a Lucía.

—Sí —continuó el abuelo—. Cuando volvió a su país, Dunant escribió lo que había pasado allí. Hizo pensar a mucha gente… y junto con otras personas acabó fundando la Cruz Roja, para que cuando ocurren cosas terribles nadie se quede sin ayuda.

—¡La Cruz Roja! Vaya, eso ya sé qué es. Lo hemos visto en clase —dijo Lucía.

—¿Ves? Al mal se le contesta con el bien. Hace menos ruido, pero, aunque no lo parezca, es mucho más fuerte —le enseñó la abuela.

—Y eso no ocurre solo una vez —añadió el abuelo—. Pasa todos los días. Podemos hacer que pase todos los días.

—Ahí están las personas que rescatan a inmigrantes en el mar —siguió la abuela—. O los que cuidan la naturaleza... No me digas que no sabes eso. Son gente que ayuda a los demás y se enfrenta al mal.

—Y seguro que en la escuela la mayoría trata bien a los demás. No hay que dejarse vencer por las cosas que están mal, Lucía. Un discípulo que conoció a Jesús escribió esto tan sencillo sobre él: «Pasó haciendo el bien».

—¡Jo! ¡Es verdad! Eso es lo del Adviento, ¿no? Esperar que Dios llegue a todos, pero esperar haciendo que ya esté aquí —les dijo la nieta, dejándolos con la boca abierta.

—¡Bueno! —exclamó la abuela—. ¡Con esto que has dicho creo que ya podemos empezar a poner el belén! ¡Que solo quedan cinco días!

Mirar el corazón

¡Qué poco falta para celebrar el nacimiento de Jesús en Belén! ¿Sabes que allí, en Belén, mucho antes que Jesús también nació David? David el de la Biblia, sí.

De él nos cuentan que fue un líder justo y valiente. Aunque también hizo algunas cosas que no están bien. Y era poeta, hacía música... Dicen que fue muy buen gobernante. Sin embargo, antes de todo eso, nadie esperaba que fuera rey ni nada parecido:

El país tenía entonces un rey llamado Saúl. No se portaba bien: abusaba de su poder, era violento, hacía mal a mucha gente... Un profeta de nombre Samuel recibió este encargo de Dios:

—Te envío a Belén, a casa de un hombre que se llama Jesé. Vas a decirle de mi parte que su hijo va a ser ahora el nuevo rey.

Era un encargo muy arriesgado. Allí todos tenían miedo a Saúl.

—Si se entera Saúl se enfadará mucho y me meterá en la cárcel —dijo Samuel.

—No temas —lo tranquilizó Dios—. Tú ve a Belén con alguna excusa y ya te iré diciendo qué tienes que hacer.

Así que Samuel fue a la casa de Jesé, en Belén. Le pidió que le presentara a su hijo.

—Pero tenemos muchos hijos. ¿A cuál quieres ver?

¡Muchos hijos! ¿A cuál habría elegido Dios para ser el rey? Sin embargo, en cuanto Samuel vio a Eliab, el mayor, se dijo: «Es este, sin duda». Eliab era alto, fuerte y muy guapo. Tenía una

voz impresionante. También le dijeron
que era valiente y listo, todo el mundo lo
admiraba. Así que Samuel se preparó
para nombrarlo rey. Pero entonces
sintió la voz de Dios que le decía:

—No, Samuel. No te fijes en su
aspecto... no es este el que he
elegido. Eres mi profeta, ya

tendrías que saber que yo no tengo en cuenta la apariencia de una persona, ni si tiene fama o dinero... yo miro el corazón.

Samuel le dijo a Jesé que le presentara a otro de sus hijos, y apareció Abinadab. También era impresionante. Pero la voz de Dios en su interior le dijo que ese tampoco era el que quería.

Y fueron pasando los demás, uno tras otro. Después de los dos primeros, Samuel contó cinco hijos más, y Dios le dijo todas las veces que no, que ninguno de esos era.

—¡Vaya! —habló Samuel a Jesé—. Quizá no entendí bien lo que me pidió Dios al venir aquí. ¿No tienes más hijos?

—Bueno, queda el más pequeño. Es muy joven, casi un niño. Anda por aquellas colinas de allí; está cuidando las ovejas.

—Haz que venga, por favor —le pidió Samuel.

Fueron a buscarlo y después de un buen rato lo presentaron delante del profeta.

—Hola, ¿cómo te llamas?

—Me llamo David.

Y en ese momento Samuel escuchó en lo más profundo de su ser lo que Dios le decía: «Levántate y nómbralo rey. Este es».

Ante todas las personas que estaban allí, cumpliendo el encargo de Dios, el profeta realizó una ceremonia en la que

el joven fue nombrado rey. Todo el mundo quedó admirado. Más adelante Samuel dejó escrito que, desde aquel día, el Espíritu de Dios guio a David. Y con el tiempo se convirtió en el mejor gobernante que ha tenido su pueblo.

Esto, que ocurrió hace mucho tiempo, nos recuerda que Dios no se fija en el aspecto de una persona, ni en lo que otros digan de él, ni tiene en cuenta si es famosa, poderosa o rica... Eso le da igual, Dios mira el corazón.

María y José no eran de esas personas que llaman «importantes», pero Dios se fijó en su corazón. Jesús nació en Belén, como David. Pero nació en la pobreza de un establo... y así quiso Dios que comenzara a construirse su verdadero reino. Es el reino de la paz, la justicia, el amor y el bien para sus hijas e hijos.

Pastores

Mientras María y José iban acercándose a Belén, Ruth y su hermano Joel pasaban las noches en una colina cercana. Eran pastores y tenían que cuidar las ovejas.

Una de esas noches, calentándose junto a una pequeña hoguera, Joel preguntó a su hermana:

—¿Es verdad que va a venir el mesías? Hay gente que lo dice.

—¡Claro que sí! —respondió Ruth—. Vendrá y guiará a su pueblo. Así lo anunciaron los profetas.

—¿Y cuándo va a ser eso?

—No lo sé. Ojalá sea pronto para que todo el mundo aprenda a escuchar la voz de Dios.

—Yo creo que cuando venga vivirá en un palacio. Tendrá muchas riquezas, muchos sirvientes... —dijo Joel.

—¿De dónde sacas eso?

—Porque será importante y poderoso. Y la gente importante vive en los palacios. Y montará en un caballo blanco con una túnica de oro, y tendrá un ejército de miles de soldados...

—No, Joel —le contestó su hermana—. El mesías de Dios no será así. No será como el rey Herodes o como el emperador que vive en Roma. Yo creo que será como un pastor.

—¿El mesías un pastor? ¡Pero qué tontería!

Los pastores eran los más humildes y pobres de aquel tiempo, y mucha gente los despreciaba. No contaban para nada. La mayoría, como Ruth y Joel, cuidaban los rebaños de otras personas. Con eso cobraban algo y podían ayudar a su familia. Además, quienes tenían que cuidar ovejas en el campo no podían hacer muchas cosas que hacía la gente en el pueblo y apenas tenían amigos. Y los pastores casi nunca iban con los demás a rezar el sábado, porque debían estar con las ovejas.

—¿Cómo va a ser el mesías un pastor? —insistió Joel—¡Nadie le haría caso!

—Yo creo que se preocupará por cada uno de nosotros como

un pastor lo hace por sus ovejas. Por eso digo que será para la gente como un buen pastor. Un pastor bueno que hace todo por su rebaño. Cuidará a quienes más lo necesitan, nos guiará hacia el bien y nos librará de las cosas malas.

—Pero si vive en un palacio, ¿cómo va a hacer eso?

—Ojalá que cuando llegue el mesías viva con la gente, no en un palacio. Eso es lo que yo espero: andará por estos caminos y también estará con nosotros, aunque seamos pobres... Conocerá a cada persona, como conocemos a todas nuestras ovejas. Cada hombre y cada mujer será igual de importante para él. Y buscará que todo el mundo sea feliz.

La noche se iba volviendo fría, y Ruth echó un poco más de leña a la hoguera. Vio que el rebaño estaba tranquilo y bien protegido por Ziv, el perro que siempre los acompañaba. Joel estaba dándole vueltas a lo que había dicho su hermana mayor:

—Pero entonces, ¿el mesías no va a ser un rey?

—A mí me parece que va a ser muy distinto a los reyes y a la gente poderosa —respondió Ruth—. No tendrá armas, ni ejércitos, ni riquezas. Porque el reino de Dios es otra cosa. Es amor y justicia.

—¿Y crees de verdad que va a venir ese reino?

—Es mi esperanza. Y la de mucha gente buena.

—Pues a mí me parece que nosotros no vamos a ver nunca al mesías. Somos pastores, ¿quién se va a preocupar por nuestra vida?, ¿a quién le importamos?

—A Dios.

—Bueno... eso sí. Pero...

—¿Te imaginas que nazca aquí, en Belén?

—Tú sueñas, Ruth.

Siguieron hablando un rato hasta que llegó la hora de dormir. Lo hacían por turnos, primero Joel y luego Ruth; eran buenos pastores y no descuidaban el rebaño ni por un momento. Si hubieran estado más cerca de la entrada del pueblo habrían visto que una pareja llegaba a esas horas. Eran un hombre joven y una mujer embarazada que iba montada en un burrito.

Por cierto, cuando nació Jesús, ¿sabes a quién se lo anunciaron los ángeles antes que a nadie? ¿Sabes quiénes fueron los primeros en conocer al Hijo de Dios?

Villancicos

Entre todos los coros que han existido, existen y existirán hay uno que sin duda es el mejor: el coro de los ángeles. No es que canten muy bien... es que cantan como ángeles. Y eso es insuperable, indescriptible, incomparable. Quien escucha sus canciones se llena de una sensación de felicidad que lo transporta. Es como flotar en el aire.

Aquel día la directora del coro les había dicho que tenían ensayo a las siete. No podía faltar nadie: la noche siguiente iba a ser el estreno mundial. Llevaban semanas preparando la canción.

—Vamos a cantar un villancico —les anunció un mes antes a los cantores.

—¿Villancico? ¿Qué es eso? —preguntó uno de los ángeles.

—Claro, todavía nadie sabe lo que es porque aún no ha sido Navidad. Pero ya veréis, desde que estrenemos esta canción va a haber villancicos cada año. Y a nuestro coro le toca cantar el primero —dijo a todos la directora—. Tomad, aquí está la partitura.

La letra de la canción decía: «Gloria a Dios en el cielo, y en la tierra paz». Y la música era bellísima. Cuando vieron la hoja con la letra y las notas musicales, los ángeles del coro de los ángeles quedaron entusiasmados.

—¡Qué canción más chula! —dijeron.

—¿Y cuándo la vamos a cantar? —preguntó uno que era muy organizado y apuntaba todo en una agenda.

—La estrenaremos el 24 de diciembre por la noche, la primera Nochebuena… O más bien en cuanto empiece el 25 de diciembre, a las 12 de la noche y un segundo —le contestó la directora mientras el otro tomaba nota.

—¿Y dónde lo vamos a estrenar? —se adelantó a preguntar otro cantor.

—En Belén. Bueno, en las afueras de Belén, porque ahí estarán las personas que van a escuchar nuestra canción.

—¿Quiénes son?

—Los pastores. Primero Gabriel les dirá: «No temáis, os anuncio una buena noticia que será de gran alegría para todo el pueblo: hoy, en la ciudad de David, os ha nacido un Salvador, el Mesías, el Señor». Y en ese momento empezaremos a cantar.

Así se lo explicó la directora cuando empezó todo… y ahora solo faltaba un día. Después de cuatro semanas ensayando, la canción les salía muy bien. Era el momento de la prueba final:

97

—Atento todo el mundo... ¡Uno, dos y tres! —dijo con la batuta en la mano.

La canción sonó como nunca. Una maravilla. La directora felicitó al coro:

—Muy bien. Perfecto. Ahora, a conservar bien la voz para mañana. Ya sabéis: en cuanto Gabriel anuncie a los pastores que Jesús ha nacido, empezamos.

Los ángeles iban saliendo del ensayo muy contentos porque la directora del coro les había felicitado.

—¡Qué bien! ¡Cantar delante de los pastores! —decía uno—. Es un público muy importante; las personas sencillas y humildes son las preferidas de Dios.

—Sí —le contestó un amigo suyo—, espero que les guste.

Un ángel que sabía mucho de música se unió a la conversación:

—Celebrar con una canción que Jesús nace es muy buena idea. Creo que yo también voy a componer una para poder cantarla cada año en Navidad. Ya se me ha ocurrido el comienzo...

—¿Y cómo es?

—Mirad, dice así: «Noche de Paz, noche de amor»... ¿Qué os parece?

—Suena bien —dijo otro ángel del coro—. Yo he pensado hacer un villancico que diga que desde cualquier lugar del mundo se llega a donde nace Jesús.

—¡Claro! ¡Así la gente entenderá que Jesús nace para todos! Puedes hacer la canción de uno que va a Belén en un burrito sabanero... —le propuso un compañero.

—¿Sabanero? ¿Un burro que lleva sábanas? No entiendo...

—¡No! Sabanero de la sabana de Venezuela, en América... En Navidad toda la tierra puede ser Belén.

—Ya lo tengo —exclamó el ángel compositor—: «Con mi burrito sabanero, voy camino de Belén. Si me ven, si me ven, voy camino de Belén»...

—¡Muy bueno! Esa canción va a pegar, seguro. Y se pueden hacer villancicos polifónicos, de rock, con música de cualquier país, de jazz, de samba...

—¡Y en todos los idiomas! —añadió otro de los ángeles—. Pero por ahora vamos a cuidar la voz para mañana. Hay que descansar bien esta noche.

Desde entonces, desde aquel estreno, cada año suenan las canciones que expresan alegría por la venida de Jesús. Millones y millones de personas en toda la tierra las cantan. Seguro que tú te sabes muchos villancicos, y que tendrás tu favorito. Prepárate, que ya está aquí el día. ¡Mañana es Nochebuena!

Nochebuena

Esta noche es Nochebuena.

Acaba el Adviento, el tiempo de espera.

Nos hemos preparado para la venida de Jesús… ¡Y ya llega!

Llega la Nochebuena,
verás que hoy
rodeado de estrellas
saldrá el sol.

Llega la Nochebuena,
un resplandor
que desde el cielo vuela
nos trae calor.

Llega la Nochebuena,
¡alza tu voz!
Esa música llena
tu corazón.

Llega la Nochebuena,
¡corre veloz!
Viene la vida nueva,
el Salvador.

Llega la Nochebuena,
presta atención,
en una oscura cueva
todo es color.

Llega la Nochebuena,
noche de amor,
canta alegre la tierra
y nace Dios.